分家後財源滾滾 上

風文創 1083

圓小辰 著

目錄

序文

圓小辰

《分家後財源滾滾》這本書是以女主唐書瑤的身分展開的，唐書瑤這個人的經歷很複雜，她曾在籠罩著絕望的末世生活，因為意外來到了民風淳樸的古代，面對家境貧寒、父母名聲又臭又差這樣的困境，她選擇迎難而上。

在創作之初，我的腦海裡隱隱約約有一個模糊的畫面。

她曾經歷過末世的苦痛，但她卻像一株頑強的野草，眼底的光從未熄滅。正是她的信念、她的不屈，讓人看到了希望和美好，堅韌與毅力，讓我有了創作的慾望。

故事的開始是唐書瑤來到了平行時空的古代，比起過去那些泯滅人性的日子，古代生產力低下、日子拮据對唐書瑤來說不算什麼，而面對她不務正業、遊手好閒的父親，還有貪小便宜、好吃懶做的母親，以及調皮搗蛋的弟弟，在親人扯後腿的情況下，唐書瑤依舊能保持著樂觀向上的心態。

開局雖慘，但唐書瑤在這裡有親人陪伴，周圍是鳥語花香、山清水秀的村莊。她靠著自己的雙手致富，她的陽光、智慧、勇敢、善良一點一點滲透到這個家裡，也一點一點改變父母的陋習，壞毛病不可怕，可怕的是人毫無良知。

當曾經的難過悲傷都到了盡頭，唐書瑤終於迎來了她的好運氣，她的日子蒸蒸日上，同時也遇到了一位心有靈犀的意中人景奕宸。

景奕宸的經歷和唐書瑤有很多相似，他生活在爾虞我詐的深宮中，雖然他的親人健在，但他們卻不是景奕宸的依靠，相反還是會與他拔刀相向的仇人。

或許是同樣經歷過黑暗吞噬的地獄，讓他們在人群中一眼看到了彼此，兩個曾經滿身荊棘的人，小心翼翼的靠近對方，彼此試探著、愛慕著，最後互相治癒。

全文基調以甜爽為主，讓讀者朋友們輕鬆愉快地閱讀全文。

希望看過這本書的朋友們，你們都可以成為自己生命中的「唐書瑤」，不要因為外物而傷心，也不要因為外物而一蹶不振，無論何時，都要相信風雨過後會有彩虹出現。

第一章

炎炎夏日，炙熱的太陽烘烤著大地，走在路上就能感覺到渾身灼熱。

此時安國東陵郡下的桃花村村民們，幾乎家家窩在炕頭上睡午覺。

唐書瑤搬了一個小板凳坐在屋檐下垂著眼眸，眼神複雜地盯著手裡的雞蛋。

就在一刻鐘前，原主的娘親馬氏趁著四下無人的時候，快速地將雞蛋塞到唐書瑤手裡，小聲地在她耳邊催促道：「瑤瑤快點吃，別讓妳堂姊看見！」

說這話的時候，唐書瑤看見馬氏的眼神裡還閃過一絲不捨，知道娘親也想吃，唐書瑤立刻推拒了馬氏。「娘還是您吃吧，我不餓。」

「什麼不餓？這是給妳補身體的，前幾天妳還得了風寒，妳說這大夏天的妳怎麼能得風寒，趕緊補補，別磨蹭了，快點吃！」

看著馬氏堅定的臉龐，唐書瑤最終還是收下了雞蛋。這不過是件簡簡單單的小事，卻在唐書瑤的心底產生了漣漪，讓她本該冷硬的心頓時柔軟了下來。

唐書瑤是幾天前穿越過來的，與原主的名字相同，不知怎地得了一場風寒就去了。

鄉下窮人家，生了病也沒有多餘的錢去鎮上看大夫，只能找村裡的半吊子趙大夫開點湯藥挺過去，可惜原主沒能挺住，唐書瑤便穿越了過來。

唐書瑤本以為自己被隊友推進喪屍群的那一刻，就會徹底離開人世，沒想到如今還能重活一次。

厭倦了曾經絕望、混亂、冰冷的末世，來到這個充滿生機的古代，唐書瑤很是慶幸。

雖然村裡人都說她命不好，攤上個遊手好閒、不務正業的爹，好吃懶做、貪小便宜的娘，瘦弱的哥哥，還有一個熊孩子弟弟，以後肯定找不了好人家。

但無論是原主還是現在的唐書瑤，心裡都是喜歡這個娘親的，她雖然有些不好的毛病，可是她疼愛女兒，寵愛女兒勝過兒子，這一點是村裡的任何人家都比不上的。而爹爹唐禮義受了娘親的影響，也懂得維護自己的女兒，這也讓唐書瑤感到慶幸。

在末世五年來，唐書瑤一個人打拚，關上自己的心門，丟掉自己的善良，只是為了活下去。然而儘管她覺醒了空間和雷系異能，可是她依然沒能逃脫被同伴暗算的下場。

來到這個世界後感受著娘親的溫暖與關懷，唐書瑤本來彷徨的心也徹底安定下來。畢竟經歷過死亡和穿越這樣離奇的大事，唐書瑤剛剛穿越的時候心裡多少有些忐忑。

如今儘管內心深處仍然有一些疑惑，為何自己會穿越到這裡？為何自己和原主名字一樣？甚至容貌也一模一樣。但此時此刻，唐書瑤已經下定決心要融入這裡。

唐書瑤所在的桃花村有一百來戶人家，村民多半姓唐、李和劉。而村長李多福是李氏族裡出來的。

就在這時唐書瑤聽見有腳步聲轉向這裡，她迅速地將雞蛋收進空間，抬頭一見原來是小弟唐文博朝自己走來。

唐文博滿臉不耐煩的走過來。「快去吃飯，吃飯了都不過來在這兒磨蹭什麼？害娘讓我過來叫妳！」

瞧瞧，這個語氣一點都不尊重姊姊。

唐書瑤看著眼前這個六歲的親弟弟，心下有些無語，轉念想到幸好自己還有一個親大哥，全家只有大哥唐文昊正直善良，加上在鎮上老童生那裡唸過兩年書，身上還有一股書生氣，雖然文弱了些，心底總算有些安慰。

不過也不能繼續放縱文博這樣的脾氣……

唐書瑤起身朝著文博的腦門一彈。

「嘶——唐書瑤妳幹麼?!」

「我這是在教育你，對自己姊姊語氣要客氣一點，要懂規矩。」

「那妳不會好好說，動手算怎麼回事？」

「我好好說你就聽話了嗎？現在這樣起碼能讓你長長記性，居然還敢喊我名字，我看你有點太放肆，快點叫姊姊。」說完唐書瑤又在唐文博腦門上彈了一下。

唐文博有些委屈，卻又不得不屈服，誰叫爹娘平時都向著姊姊，告狀也沒有用，還有可能挨頓揍，只得不情不願地說：「姊。」

唐書瑤看著文博臉上的表情，心下感嘆果然小孩子的情緒都寫在臉上，比起前世那樣勾心鬥角，甚是可愛，隨即抬手揉了揉對方的腦袋，輕聲安慰。「這就對了，乖乖叫姊姊，姊姊以後給你買好吃的。」

唐文博立刻小聲嘟囔道：「騙鬼咧，還買好吃的！不搶我的就不錯了！」

唐書瑤聽著文博的話有些汗顏，原主之前仗著爹娘的寵愛，確實會跟自己的弟弟搶吃的，所以兩人的關係才不太好。

唐書瑤咳了咳，緩解一下尷尬，看著文博說：「今日我說的話肯定會實現，不會再跟你搶吃的，不過你也要孝順長輩，先問自己的爹娘和大哥、姊姊，最後自己再吃，要做個講禮貌的好孩子。」

唐文博撇了撇嘴，有些不明白自家姊姊怎麼變了個性子，不過礙於對方的強勢，也沒敢反駁，只是催促道：「快走吧，一會兒菜都沒了。」

唐書瑤沒有磨蹭，與弟弟兩人一同向堂屋走去。走到堂屋，看到娘親和自己招手，唐書瑤便快步坐到她旁邊。

看著碗裡的菜心裡微暖，明白這是娘親怕自己過來晚了搶不到菜吃，便先下手為自己挾菜，心裡頓時暖洋洋的。

端起碗唐書瑤開始扒拉碗裡的菜，抬頭便瞥見對面的三堂姊唐書蘭嫉妒地盯著自己。轉念一想她便明白，這是因為三堂姊的娘親二伯母劉氏自卑懦弱，因此見著自己有一個強勢寵溺的娘親便格外嫉妒。

二伯母劉氏自嫁入唐家以後，十多年來只生下三堂姊唐書蘭一個女兒，老太太李氏看不慣她不能為自己兒子生下男丁，便使勁搓揉劉氏。而劉氏也因為自己沒能生下一個兒子，抬不起頭來，漸漸地變成如今這個樣子。

或許是二伯母太過於懦弱，而二伯唐禮仁性子也老實，三堂姊卻格外伶俐霸道，這點讓老太太更加不喜，心裡認定是唐書蘭奪了老二的子嗣運，對於這個孫女平日也是諸多挑刺。

可唐書蘭雖然性格有些掐尖兒好強，但是面對老太太是不敢頂嘴的，因此整個人也變得有些陰鬱。

唐書瑤看著對方瞪著自己，淡然地無視對方，現在飯桌上都是長輩，小輩自然沒有什麼話語權。

何況唐書瑤也不是那種故意惹事的人，但若是對方真的招惹到自己，她也不會心軟放過對方，不論有沒有血緣關係、明不明白對方的苦楚。畢竟她可是在末世待了五年，殺過的喪屍，甚至是人類數都數不過來，她不會主動害人，可對於招惹自己的人自然會以牙還牙，以眼還眼。

家裡人多，吃菜都需要搶著挾，不到一會兒，桌上那碗茄子已經見底了。

這時大伯母王氏突然說道：「聽說隔壁李家明日要分家，我剛剛看著李全他娘往村長家去了。」

「他家人多，住不下了也該分家。」老太太感慨道。

王氏臉上閃過一絲興奮，語氣不由地輕快起來。「娘，文傑的親事也快到日子，咱們家也沒有多餘的屋子給他小倆口成親，也不能讓新媳婦進門來沒有地方住，那可像什麼話？我看咱們家也該分了。」
大伯母這話說完，屋子裡立刻變得安靜下來。
唐書瑤看著娘親變了臉色，心裡也跟著擔憂。
馬氏大聲說：「大嫂這話什麼意思？合著妳兒子成婚，我們這些人都要騰出地方來？」
王氏看著立刻出聲的三弟妹，心裡有些不屑，她就是不喜三弟一家子懶貨占自家便宜，在她看來以後二老要靠自家養老，現在家裡面只有當家的有活計、有收入，自然不想讓他們繼續吃白飯。
不過擔心老太太不同意，王氏連忙好生開口解釋。「我可沒有這麼說，只是咱們唐家人口多了，小輩也要開始陸陸續續成婚，這家裡沒有地方住，自然要分家啊。」
「那也用不著現在分家吧！之前不是說好再蓋一間屋子嗎？」
「這不是蓋屋子時間來不及，婚期快到了只能先分家。」
「大嫂，我看妳就是故意的，先前我還納悶為何你們沒有提蓋屋子的事，現在想來就是要拖延時間，在這兒等著好分家吧？」
老太太聽著三兒媳陰陽怪氣的話，也知道老大這是想要藉此機會分家，再說下去只會撕破臉面，頓時出聲呵斥。「夠了！吵吵鬧鬧像什麼樣子？」

老太太發話，馬氏自然不敢頂嘴。

王氏想著既然已經提出分家這件事，就不能讓它當作沒有發生過，雖然有些害怕婆婆的臉色，不過仍然繼續勸道：「娘，您也知道文傑快要成婚了，先不說成婚需要有屋子住，就是成婚後，孩子一出生，沒過多久就大了，到時候也得需要地方住，現在分家也是為了以後著想啊。」

這話說到最後，頗有些暗示意味，老太太瞇著眼，也聽出大兒媳話裡的意思，一時之間心裡的天平漸漸偏了。

看著老太太沒有反駁，唐禮義頓時有些急了。「大嫂，孩子出生長大也得有幾年，現在談分家未免有些早吧？」

唐禮德看著三弟著急的模樣，雖有些愧疚，但是想到自己的小家，又想著對方成天不務正業，就連跟爹去種地也拖拖拉拉，壓下心底的一絲愧疚說：「小孩子一轉眼就長大了。」

隨即扭頭看著老爺子勸說道：「爹，文傑還有一個多月就成婚，之前家裡商量再蓋間屋子，如今時間不夠，也是我疏忽忘了這件事，可是孩子成親不能沒有地方住，您看這該怎麼辦？」

或許是大伯的話太有道理，也或許是偏心長孫，老太太竟然也加入了勸說行列。

唐書瑤沒有想到這麼快就要分家，視線挪向對面依舊慢條斯理吃飯的大堂姊唐書琪，和幸災樂禍的二堂姊唐書夏。

唐書瑤心想或許大房早就想分家了吧？畢竟大伯在鎮上酒樓做帳房，一個月的月錢就有五百文，二伯雖沒有多餘的賺錢路子，平時也和老爺子一起收拾地裡。而自己的爹爹最喜歡偷懶，老爺子叫爹爹一起去地裡，永遠最磨蹭，而且也幹不了多少活，大房一家心裡有怨也很正常。

這麼一想，她也能明白為何大伯母現在提出大堂哥的婚事。

早在兩個月前大堂哥的婚事就已經談好日子，家裡也說好要加蓋屋子成婚用。可是大伯和大伯母遲遲沒有提出何時蓋房子，如今估計著時間快要來不及，恰好隔壁也分家，便乘機提出分家一事。

要說沒有預謀，是不可能的。

老太太這一輩子有過七個孩子，活到現在的只有大伯唐禮德、二伯唐禮仁、爹爹唐禮義，還有一個已經嫁到遠方的姑媽唐禮心。

其他的三個孩子早已夭折，沒有排名，老人家忌諱這些，也是怕大伯沒有長子的名分。只是在原主記憶裡有一次過年的時候，姑媽回來拜年跟老太太說話時聽到的。

唐禮義沒有想到疼愛自己的親娘也會同意分家，頓時心生恐慌，激動地說道：「娘，您怎麼也同意？難道長孫這麼重要嗎？」

老太太臉色有些尷尬。

說不偏心是假的，畢竟是自己的長孫，何況養老還要靠老大一家。看老大的意思是早就想提出分家，如今藉著長孫成婚的由頭提出來，也算扯了塊遮羞布。

只是看著平日偏疼的小兒子難以置信地看著自己，心裡說不難過都是假的，但如今話已經說出口，自然沒法收回來，只能裝作沒看見小兒子的臉色。

唐禮義的話有些難聽，老爺子的臉色頓時黑了下來。

唐禮德趕緊緩和一下氣氛。「這可是小輩第一個孩子成婚，再說過幾年老三你家文昊也要說親，家裡更是住不下，分家也只是讓家裡人有地方住，肯定會讓各房都有屋子能安置，你這可就言重了啊！」

唐禮德的話讓老爺子的臉色好看了些，眼看大家再爭吵下去壞了情分，老爺子看向一直沈默的老二問道：「老二，這事你有什麼想法？」

唐禮義趕緊向二哥使眼色，唐禮仁卻避開了三弟的視線，瞥了一眼孩子她娘，回道：「爹，分家的事我沒有意見，既然是姪子成親需要，那就分吧。」

「二哥，你怎麼就輕易答應啊！」

唐禮義的話還沒說完，老爺子便打斷他，掃視了一眼其他人說道：「咱們家十幾口人住一個院子，確實擠了些，如今屋子也不夠了，老大、老二都同意分家，這件事就這麼定了。明日隔壁李家找村長和族老做公證，等他們一結束，老大你就過去說一聲，後日咱家也做一下公證。」

唐禮義還想要開口反對，老爺子擺了擺手，說道：「老三，你也老大不小了，這次分家後，你就老實種地，還有三個孩子要養活，可不能再鬆散了。」

第二章

老爺子已經發話分家，這事算是定下來了。

見到二伯看二伯母的那一眼，唐書瑤就知道二伯肯定會同意分家，畢竟二伯母沒有生下兒子，老太太以此搓揉她這麼多年，二伯心裡多少是有些在乎的。何況二伯母沒能為二伯生下兒子，二伯又整天聽到來自親娘的念叨，心裡肯定不舒服。

這幾年二伯頻頻向大堂哥唐文傑示好，恐怕心裡想得也是老了能有唐文傑這個姪子幫襯一把吧？至於為何沒有找自家哥哥和小弟，唐書瑤想或許是因為爹爹素行不良，大概是想著爹爹不可靠，孩子也不一定可靠。

而且分家的原因說到底是因為大堂哥要成親，二伯既然有依靠唐文傑的想法，此時更不可能反對了。

而後老太太讓小輩的孩子都出去，大人留下來商量事情。

唐書瑤走出屋門，這時唐書夏走到自己旁邊，幸災樂禍地說道：「唉！馬上就要分開，小妹妳可要保重身體，別再得風寒嘍。」

大堂姊在一旁端著笑容，嘴上不認同地說：「小夏，咱都是一家人，要好好相處，瑤瑤妳也別怪妳二姊，對了，瑤瑤身體怎麼樣啊？」

唐書瑤看著大房的兩姊妹一唱一和，以及唐書琪臉上的假笑，頓時有些無語，眼睛一轉，隨即說道：「我身體好著呢，多謝大姊關心。不過二姊不用擔心我，倒是多擔心一下自己吧。我可是聽說未過門的嫂子的性格，這說得好聽是性格爽利，說白了就是性格強勢，都說長嫂如母，到時候管教妹妹也是理所當然啊。」

唐書琪面上的笑容頓時沒了。「小妹這一病，口齒伶俐了不少。」

「這都多虧姊姊們時常和小妹說笑，小妹我自然被鍛鍊出來了。」唐書瑤笑咪咪地說道。

唐書琪噎了噎，拉著唐書夏轉身走了，唐書瑤瞥了一眼站在一旁看熱鬧的三堂姊唐書蘭，沒有理會對方，轉身便回了屋子。

唐書瑤看著身後跟進來的唐文博，見此時對方臉上愁眉不展，頓時樂了。現在的唐文博臉上還有些肉，整張臉皺在一起，看著別提有多可愛了。

「姊，妳還有心思笑？要分家了可怎麼辦！」

唐書瑤搖頭說：「分家這件事大房早有預謀，爺爺他們也要靠大伯養老，肯定會同意分家，事成定局，現在就看分家能得多少了。」

「姊，妳怎麼知道大房早有預謀？」

唐書瑤看著唐文博滿臉的好奇，覺得多一分心眼總歸是好的，而且對方已經六歲，有些話也能聽懂，便跟他解釋起來。

「哦～～原來大伯母不是想要讓大堂哥成親有地方住，而是想著藉這件事分家，大伯母怎麼這麼壞！」

唐書瑤心想，壞不壞倒是兩說。但分家若是沒有大伯的授意，大伯母肯定不敢提出來。

何況後面大伯也跟著勸說老爺子，可見大伯早就知道大伯母會提出分家，說不定就是大伯讓大伯母開的口。畢竟他是大哥，提出分家這件事若是由他開口，外面只會傳他容不下兄弟，影響他的名聲。

現在大伯母提出來，而且理由還是因為長孫要成親家裡住不下，在外人看來毫無錯處，雖然會有明眼人猜測出大房的目的，但也不會明著說大伯的不好。

而且剛剛在飯桌上，唐書瑤觀察過唐書琪和唐書夏兩姊妹的臉色，二人平靜的表現也說明這件事大房早就商量好了。

轉念一想，若是爺爺這次分配得公平，分家未必不是一件好事。

一來，不用看老太太臉色，娘親也不會有長輩管教。二來，爹娘的性子太過懶散，如今分家只能靠自己賺錢養家，肯定不會像以前那般逃避做活，正好能端正行事。三來，分家後沒有唐書琪、唐書夏、唐書蘭找麻煩，自己身邊也能清靜不少。

這麼想著，唐書瑤心裡安穩了些，不過這些事彎彎繞繞，解釋起來太過麻煩，便接著唐文博的話說：「是啊，大伯母真是煞費苦心。」

「唉！」

看著唐文博小大人似的嘆了一口氣，唐書瑤安慰說：「放心吧，爺爺他這個人處事公平，不用太過擔心。」

唐文博看著自家姊姊沒有一點憂愁，心裡不禁佩服對方心大，又唉聲嘆了一口氣。

難道自己和小弟之間代溝太大？

唐書瑤皺眉疑惑，搞不懂唐文博在嘆什麼氣，只是見著對方開始在屋裡面走來走去，有些心煩。「你老實待一會兒不行嗎？」

「我著急啊！姊妳說他們怎麼這麼半天還不出來啊？」

唐書瑤安撫說：「分家畢竟是大事，一時半刻也結束不了，若是意見不合，還得繼續掰扯下去，耐心等著，你別在我眼前走來走去，搞得我心煩，我看你還是出去待著吧。」

「那我去找劉小柱了。」唐文博說完便跑了出去。

唐書瑤看著唐文博跑那麼快，都以為之前對方的唉聲嘆氣是錯覺呢，這轉變得未免太快了吧？不過想想也是，六歲這個年紀本就是待不住、愛瘋鬧的時候。

沒了唐文博在旁邊走來走去，唐書瑤的心也漸漸安定下來，來到這個世界這幾天，唐書瑤最喜歡的就是看看天空，看看樹葉。

末世的時候，天都是陰沈沈的，從沒有過晴天，如今看著這天空蔚藍，樹葉翠綠，讓她的心很安寧。

夏天天氣悶熱，尤其是快晌午的時候，村裡人若有事都是挑早上，或者下午太陽快要下山的時候處理。

一大早，唐家十幾口人在堂屋等著，此時唐禮德去找村長李多福，和唐氏的族長唐顯山來做見證人。

昨日家裡已經商量好分配的事，今天等村長和族長過來做個見證，然後各家留下一個字據，就算是分家完事。

唐書瑤看著大伯和村長、族長走進了院子，後邊跟著幾個看熱鬧的婦人，可能是聽到了風聲，便想跟著過來看看。

唐禮德的臉色有些不好，她們沒敢走太近，但他擔心這些婦人背後嚼舌根，便把院子的門一關，拒絕的意思這麼明顯，有那臉皮薄的嬸子便離開了。還有兩個厚臉皮想看熱鬧的，只是向後退了幾步，唐禮德拉不下臉跟她們扯皮，臉色陰沈地轉身進屋了。

李多福進屋便直接開口問道：「唐哥你們家可是商量好了？」

老爺子說：「商量好了，他們兄弟幾個都沒有意見。麻煩你們過來一趟做個見證。」

李多福點點頭，他最不耐煩地便是喊他過來做個見證，還得幫著調和，如今看著情況是已經商量好了，頓時放下心來。

另一邊的唐顯山問：「子生，怎麼突然要分家？」

老爺子笑笑。「小一輩的都長大了，要成婚添人口，家裡住不下，就乘機分了。」

唐顯山打量了一眼屋裡人，確實人有點多，知道分家的原因，便沒有繼續追問。

村長和族長沒有任何問題，老爺子便讓長孫在一邊寫下分家字據。

其實唐文傑和唐文昊都去過鎮上老童生那裡唸過兩年書，會識字、寫字，如今老爺子將這種事交給長孫來做，也有著炫耀的意思，畢竟村裡能讀書識字的人家沒有幾個。

當初家裡面沒有那麼富裕，老爺子也是看著同村有人讓孩子讀兩年書，之後在鎮上找了不錯的活計，這才動心讓兒子去試試，只是讓三個兒子都去唸書，家裡面負擔不起，後來也是念在老大是長子，便讓他去唸書了，真沒想到讀書這麼有用，現在做了帳房。

而家裡這一代孫子只有三個，加上鎮上老童生教書束脩半年才三十文，家裡能負擔得起，老爺子也是想讓自家孫子能像大兒子一樣，因為識字可以找個好活計。

因此，老爺子後來下定決心將孫子都送去唸書，只是還沒輪到唐文博便要分家了。

如今，瞧村長和族長羨慕地看著自家孫子寫字，老爺子頗有些得意，在一旁細細說明。

「以後我和老婆子跟著老大過，老二和老三每年交一百文養老錢，家裡有十九畝田，老大七畝，老二五畝，老三五畝，剩下兩畝我和老婆子還能幹幾年。院子裡十六隻雞，六隻給老大，老二和老三各五隻。家裡頭十二石米，老大四石米，老二和老三每家三石米。」

老爺子又道：「除了我和老婆子住的上房，這間院子歸到老大名下，老二先暫時住在這裡，多給五貫錢蓋了新房再搬出去，老三家搬到林家空下來的院子。家裡還有現錢三十二貫，給老大九貫，老二和老三各八貫，剩下七貫我自己留著，農具、灶具三家平分。」

唐書瑤聽著分家內容，感覺挺公平的，大伯比二伯和自家多一成，有養老和長子名分還有爹娘平時懶散的原因。老爺子的分配可以說是很公平，難怪爹娘沒有繼續吵鬧。

來到這個世界幾天，唐書瑤了解到這裡的貨幣兌換，一貫錢是一千文，一兩白銀是一千兩百文，因為銀子貴重，所以用銅錢兌換會增加兩百文錢，但是也很少有用銅錢兌換銀子的事。

那一邊，唐文傑俐落地寫完字據，拿過來給村長和族長、老爺子以及唐禮德三兄弟看了一眼，確定沒有問題才繼續抄了四張。

老爺子和唐禮德兄弟三人各留一張分家字據，最後一張給了族長帶回去，大家都沒有任何意見，分家就結束了。

而後老爺子帶著唐禮義跟村長走了，去買之前林家留下來的院子，林家一家去了縣城做生意，村裡的房子空了下來就託村長幫著賣掉。

分家結束，大伯母走過來客氣道：「弟妹這是要收拾東西？」

馬氏本有心想要諷刺對方兩句，不過想著既然對方希望自己早點搬走，正好也可以讓她們幫著抬東西，省點力氣。於是馬氏笑說：「大嫂是過來幫忙的嗎？正好東西有點多，妳來了我們也能快點收拾完。」

王氏的臉色有些不好。

早知道就不過來說這話了，三弟妹這臉皮可真是厚，連客氣的話都沒有聽出來！不過話已經說出口，她只能自認倒楣，捏著鼻子過去幫忙了。

劉氏也走過來，不敢看大嫂的臉色，小聲地問：「弟妹還有哪裡需要幫忙？」

馬氏看著眼前這個二嫂，倒是沒想到對方平時看著一副唯唯諾諾的樣子，關鍵時刻還會主動關心，心下有些感慨，嘴上卻實誠道：「有二嫂幫忙那是最好不過了。」

唐文昊去了李根叔家借來牛車，馬氏幾人開始將東西往上搬，唐書瑤和唐文博也在一旁幫忙。

王氏和劉氏都在幫忙，唐書琪、唐書夏和唐書蘭幾個小輩自然也不能光看著，只得不情不願地跟著一起幫忙。

等這邊東西已經裝滿了牛車，那邊老爺子和唐禮義也回來了。

院子已經買下來了，明天去縣城過戶就行，有村長見證，今天就能直接搬進去，林家的院子也就空了幾個月，現在搬過去不用怎麼整理也能住人，一家人來回折騰了幾趟，趕在日落之前徹底搬完了家。

唐書瑤無奈地想，若是將這些東西收進空間，根本用不上一天的工夫就能搬完。不過這太驚世駭俗，她也只能在心底想想。

原先的林家是一個小院子，有一間正房，三間廂房，還有一個簡陋的棚子可以堆放乾柴。

爹娘住在正房，大哥唐文昊和唐文博住在東廂房，唐書瑤自己住在西廂房，剩下的那間做廚房和儲物用。

搬家折騰將近一日的時間，一家人都累了，草草地吃過晚飯，便進屋休息。

唐書瑤躺在床上意識漸漸模糊，一夜睡得香甜。

清晨，屋裡面傳來院子裡的公雞鳴叫，唐書瑤瞬間一個激靈醒來，睏意也跟著消散。

略帶笨拙地穿好衣服，唐書瑤走到院子裡便見到爹爹緊皺眉頭，一副猶豫不決的樣子，唐書瑤走到他跟前也沒發現。

唐書瑤說：「爹，您在這兒想什麼呢？這麼入神？」

唐禮義嚇了一跳，臉上閃過一絲心虛，否認道：「沒什麼、沒什麼，妳快去盥漱吧。」

唐書瑤心裡有些疑惑。

若是剛剛沒有看錯，爹剛才是心虛？一大早就心虛，莫非今日是想做什麼事？

唐書瑤將這件事放在心底，看著爹爹否認，便沒有繼續追問。

扭頭看見唐文昊的屋子開了窗戶，而他已經坐在案前寫字。唐書瑤想大哥肯定是在抄書，自從大哥去鎮上學過兩年書，沒事的時候就喜歡練字，後來字寫得乾淨板正，便有了抄書的活計。

這件事大哥也沒有告訴爺爺，一來抄書得來的錢大哥都用來買書看，二來也是想著多一事不如少一事，畢竟大堂哥唐文傑也唸過兩年書，但是他卻沒能以抄書換來錢，而自家大哥卻可以做到，擺明了大堂哥的字不如大哥。

這事只會引來不必要的嫉恨，因此家裡人也就不向爺爺提及此事。

第三章

早上一家人吃過早飯，唐文昊回到屋裡繼續抄書，馬氏開始收拾家裡，唐文博本想出去玩，但是被馬氏命令留在家裡幫忙。

而唐禮義在院子裡磨蹭了一會兒，便出門了。

唐書瑤看見爹爹的背影，想到今早對方臉上的心虛，不知怎地心裡有種不好的預感，乾脆找了一個藉口跟娘說了一聲，便趕緊追上爹爹，跟在他的後面。都說人的第六感奇準無比，唐書瑤就感覺自己此刻的心特別煩躁，這也讓她更加擔心。

一路不遠不近地跟著爹去了鎮上，她就見到爹竟是要進賭坊！

前世唐書瑤是十七歲高一那年，開始出現了喪屍，整個世界就此成為末世，但即使在末世打滾多年，從小學過的字唐書瑤一個都沒忘，因此唐書瑤也能認字。

前面那間屋子明明白白掛了一個賭字，這不是賭坊能是哪裡？

這一刻唐書瑤的怒氣飛快地上漲，看著這裡來來往往的人多，又想到自己的身分，她深吸一口氣，壓下心裡的怒氣，快步上前走到爹旁邊。

「爹，您怎麼在這兒？」

唐禮義心裡一驚，沒想到女兒也跟了過來，眼看就要進賭坊試一把運氣，因為女兒的出現，此時賭坊門口的人正不善地盯著他們父女。

唐禮義低聲呵斥。「妳在這裡像什麼樣子？趕緊回家去！」

唐書瑤為了阻止爹進賭坊，委婉說：「爹，這裡人多，娘還在家裡面等呢，咱們先離開這兒吧。」

眼看著周圍的人要過來湊熱鬧，而賭坊的人臉色越發難看，唐禮義本就猶豫不決的心如今徹底斷了念頭，看著女兒說：「趕緊回家。」

說完，唐禮義率先轉身離開。

唐書瑤連忙跟了上去，兩人往回走，她看著周圍來往的人少了很多，嚴肅地說：「爹，您為什麼要去賭坊那種地方！」

「妳一個小孩子亂說什麼？」

「爹，我都十二了，也不小了。」唐書瑤瞪著眼說：「再說賭坊那種地方不是個好地方，您看村裡的劉寶順，嬸子們都說他踏實肯幹，沒想到沾上賭博，最後輸得什麼也沒有，還讓賭坊的人打斷了腿，到現在還在床上躺著呢！」

唐禮義的臉色變了變，不過還是嘴硬道：「好了好了，趕緊回去。」

唐書瑤知道爹之前的幾十年一直依賴著爺爺、奶奶，平日不愁吃、不愁喝，所以喜歡偷懶，突然分家這件事讓他一時想左了。

畢竟爹不喜歡做農活，也做不好農活，此時一朝分家，難免就會想要急於求成。通常一生順遂的人遇到重大變故，多半會有兩種情況，一是逆境努力生存，二是消極懈怠走上彎路。

現在爹就是第二種情況，唐書瑤說：「爹，現在咱家有地，還有自己的院子，在村裡也算是不錯的人家，沒必要去賭坊碰運氣，而且這樣娘也會擔心您的。」

唐禮義聽著女兒的話，覺得頗有道理。

是啊！家裡有幾畝地，還有自己的院子，手頭還剛分得一筆不少的錢，比那些家裡只有幾畝地，十幾口人家的強多了，是自己想岔了，擔心以後沒得吃，才想著去賭坊試試運氣。

如今想著，賭博有贏有輸，自己也不知道有沒有那點運道，若是真如女兒說的像劉寶順那樣，想想心裡有些後怕，幸虧女兒勸住自己。

不過想到以後要去地裡幹活，他頓時有些愁煩。

唐書瑤看著爹似是想通了，便放下心來，不過又見著他皺起眉頭，不解地問：「爹，您在煩什麼？」

唐禮義脫口而出道：「農活累啊！」說完意識到自己在女兒面前暴露了本性，趕緊補救道：「爹之前都是跟妳爺爺還有二伯一起去地裡，如今只有我自己，一時之間難免有些不習慣。」

唐書瑤知道對方平時貪懶，也沒有戳穿他，想了想乾脆說：「爹，要不我跟您一起去地裡吧。」

唐禮義趕緊拒絕說：「不用不用，這大熱天哪有姑娘家去地裡的？也就那等吃不上飯的人才會去，咱們家還用不上妳，該讓妳哥，還有文博都跟著去。」

唐書瑤想起今早唐文昊抄書的斯文樣子，怎麼看都覺得自家大哥應該適合讀書考科舉，但是想到現在家裡的情況，也無法供大哥繼續讀書。

此時父女倆已經出了鎮上，往村子的方向走去，唐書瑤眺望著遠處的山，心裡想著或許她可以上山打獵賺錢，畢竟她有雷系異能，安全沒有問題。

要是賺的錢多，可以讓大哥繼續讀書，總比在地裡待一輩子強，但是這個想法只能放在心底，現在都是空想，還不知道這邊的野味能賣上多少錢。

於是便沒有反駁爹的話，不管怎麼說，大哥的身子骨兒如今看著確實有點弱不禁風，做幾天農活也算是勞逸結合，多少鍛鍊鍛鍊，而且現在家裡並沒有多餘的銀錢收入可以讓大哥繼續唸書，一切都要等等看。

父女倆回到院子的時候，馬氏剛剛餵完了雞，抬頭一瞅，見父女倆同時回來，順嘴就說道：「你們倆在外面碰上了，這才一道回來？」

唐禮義的臉色有些不自然，唐書瑤不想揭穿這件事，既然爹已經想通並且答應自己以後不會去，這件事說出來只會讓娘親多添煩惱，便想了一個藉口。

唐書瑤接話道：「剛才爹去地裡轉了一圈，我也跟著去看了看。」

馬氏不贊同說：「妳去那兒幹麼？要是曬黑了，以後有妳後悔的！」

唐書瑤笑嘻嘻地說：「我知道了娘，以後不去了。」

聽了女兒的話，馬氏的臉色好看了些，從前在娘家的時候，阿娘只有自己和姊姊兩個女兒，阿娘一直告訴自己，姑娘家只有在娘家的那幾年日子最是輕鬆自在，出嫁了就要受苦受累。

所以阿娘一直疼愛自己和姊姊，只是沒想到那時候奶奶一直想要抱孫子，給阿娘求了不知哪裡來的偏方，最後害得阿娘身子虛弱，沒過幾年就去了。

想到這裡，馬氏越發恨惡，後來爹娶了後娘，姊姊將自己早早地嫁出去，又給自己找了親事，也算是和那邊斷了關係。

馬氏時常想念自己的娘親，因此也更加偏愛女兒。她從小受阿娘的教導，加上自己出嫁後遇到的種種事情，疼愛女兒的想法也更加堅定。

馬氏語氣不好地對孩子他爹說道：「下回去地裡，別叫女兒跟著去。」

唐禮義有些討好地笑笑。「女兒孝順，我當然不能讓她再去，下午叫文昊和文博跟著去。」

馬氏點頭答應。

唐禮義雖然懶，但是眼光很高，加上自己也是兄弟三人中長得最俊的，因此當年說親的時候特意要求找個相貌好的。當初娘不太同意讓馬氏進家門，也是因為她農活、家務活做得不太好，加上曾被人傳過小氣的名聲。

不過唐禮義一眼就相中了馬氏，堅持要娶她，娘最終也同意答應，在他心裡娘是疼愛他的，只是如今沒想到娘也會同意分家。

那日爹說要分院子的時候，唐禮義直接選了這個院子，這次分家他被娘傷了心，因此想早早地搬出來。

如今看著馬氏一早就餵雞操持家務，心裡感嘆對方變了，也讓他的心跟著暖融融。又想到如今自己當家做主，或許是時候改掉犯懶的毛病。

午時唐書瑤跟著娘親一起做飯，展露了一下廚藝，家裡人讚道唐書瑤的手藝進步很多。

原主在老房子那裡是學過做飯、洗衣服這些家務的，因此唐書瑤才敢下廚試了試，畢竟已經好久沒有做過飯，這次下廚也是小心翼翼地，結果家裡人都很滿意，唐書瑤也跟著高興。

吃過午飯，看著外面的日頭這麼足，唐書瑤想去上山的心只能按捺下來。

午後的陽光照在人身上，整個人暖洋洋地，讓睏意也跟著上來，知道自己此時提出去外面，娘親肯定不會同意，唐書瑤便乾脆回屋裡小憩一會兒。

醒來時半個時辰已經過去，唐書瑤看著天空飄了幾朵雲，不時地能遮住太陽，想著現在沒有那麼曬，娘應該能同意自己外出，便找到娘親說：「娘，我去後山撿點乾柴。」

「叫妳弟跟妳一起去。」

剛剛進堂屋的唐文博聞聲立刻拒絕。「不去。」

看著小兒子不聽話，馬氏的臉色立刻黑了下來。「你去不去？」

唐文博看著自家娘親的臉色，剛剛中氣十足的底氣頓時沒了。

唐書瑤想著上山打獵，這要是帶著小弟去，她就沒辦法施展異能，便趕緊拒絕。「娘，我去後山也沒有多長時間，這次就不用文博跟著我，我自己去就行。」

馬氏聽了女兒的話，又看著小兒子不情不願的樣子，便同意了女兒的話，不過轉身就開始訓斥唐文博不懂事。

唐書瑤去廚房那裡找了一個背簍揹上，向山上走去。

剛剛進到山裡，迎面走來幾個嬸子，村裡的人多半都是認識的，唐書瑤見到長輩走近，想著自己是小輩要懂禮貌，便率先打招呼。「春明嬸、秋月嬸、小山嬸，妳們這是要下山？」

春明嬸看到唐書瑤眼睛一亮，說道：「哎喲，瑤瑤可是上山撿柴？」

唐書瑤答道：「這會兒沒有那麼曬，就想過來撿些柴。」

旁邊的秋月嬸上前一步，一臉八卦道：「書瑤你們家分家了？怎麼回事跟嬸子說說。」

春明嬸也在一旁催促道：「是啊！瑤瑤，怎麼就突然分家了？」

唐書瑤看著眼前想聽八卦的嬸子們，心道這是尋思著自己年紀小看著好哄騙，便向自己打聽消息碎嘴呢。

心裡雖是這麼想，唐書瑤的臉上卻揚起了客氣的笑容。「就是大堂哥要結婚了，家裡不夠住，多的就不清楚了，分家的時候長輩不讓我們小輩在場，趁著天亮還要趕著上山撿柴，各位嬸子我先走了。」

秋月嬸撇了撇嘴，有心想再哄騙兩句，不過唐書瑤沒等她們說話就繼續向山裡走了。

走了很遠的一段距離後，剛才的幾個嬸子以為唐書瑤聽不見，開始八卦道：「我看唐老三一家就是太懶才被攆出來了，別看唐書瑤那個女娃娃長得好看，攤上這樣的爹娘，以後可不好嫁人呢！」

「可不是，長得好看有什麼用？受著娘家拖累，沒準兒她哥娶媳婦，還得搭上她自己，那可就慘嘍。」

唐書瑤的臉色頓時冷了下來，沒想到這幫嬸子看著和藹可親，背後竟然不要臉皮地說小孩子壞話，還說得這麼難聽，未免太過惡毒。可惜唐書瑤沒辦法當面跟她們理論，自從有了異能之後，身體各方面素質都比一般人好，也能在尋常人聽不到的距離聽見聲音，穿越到這裡也是沒變，這距離太遠，唐書瑤要是回去質問，恐怕她們會懷疑自己是妖物，畢竟正常人都聽不見這麼遠距離的說話聲。

想到這裡唐書瑤只能自我安慰，自己大人有大量，就先放過她們一回，待以後有機會一起算帳！轉念又想到她們嫁人之後，有多少能和婆婆和睦相處的？私底下還不是受盡委屈。人啊！經歷過這種事，思想難免有些偏頗，見不得別人好。

自己的家人雖然有些不好的缺點，可是爹娘真心疼愛自己，她們揣測的都是她們的臆想，而唐書瑤這個人最是偏心護短，今日幾個嬸子看不起自己的家人，來日總有一天要讓她們來討好自己！

唐書瑤在心裡暗暗下定決心。這一刻，努力奮鬥的決心在她心底悄然發芽。

唐書瑤繼續向山裡走去，看到有的地方有陷阱，便知道這裡是村裡打獵的人提前做好的，小心地繞過陷阱繼續向裡面走去。

山上的知了叫聲很大，唐書瑤一個人走在樹林裡也不覺得寂寞，就在這時前面有幾隻野雞竄過去，唐書瑤眼疾手快地甩出雷電，其中兩隻野雞頓時抽搐兩下，右側的雞毛也微微烤糊了。

剛進山裡兩刻鐘就收穫兩隻野雞，唐書瑤還是滿意的，看了一眼周圍無人，唐書瑤便將野雞收進空間裡，現在直接揹著走對小孩的身體來說有些沈，她準備等到下山回村裡的時候再放進背簍裡。

唐書瑤看著地上各種各樣的草，心裡不禁猜想著會不會是哪種藥草，只可惜沒有接觸過這方面的知識，有些遺憾不能採摘藥草換錢。

第四章

在山裡走這麼長時間，唐書瑤感覺有些渴了，她來之前用竹筒裝了水放在背簍裡，便取出竹筒喝了幾口。這水是村裡的井水，清澈甘甜，唐書瑤想著自己家裡以後也該打個井，這樣也方便許多。

天空的烏雲漸漸增多，唐書瑤將地上這隻兔子收進空間裡，此時她已經打了八隻兔子、五隻野雞。

眼看天色不太好，沒準兒一會兒就要下雨，唐書瑤遺憾地看了一眼前方的樹林，隨即轉身往回走。走到快到山腳下的時候，她從空間裡拿出三隻兔子放進背簍裡，又拿了一些乾柴放在上面，這才向村裡走去。

唐書瑤一路上快步向家裡走去，進了院子將背簍放到廚房裡面，轉身進了堂屋便看到娘手上拿著一張紙。

馬氏抬頭便看見自家閨女回來了，略帶責怪道：「怎麼這麼晚回來？不是說去撿點乾柴嗎？」

唐書瑤解釋。「剛好碰上幾隻兔子，我用石頭打中了幾隻，放在廚房呢。」

馬氏有些驚訝。「妳用石頭就打中了？」

「可能我準頭不錯，恰好兔子離得不遠，打中了三隻兔子。」

馬氏一臉擔憂。「那妳自己沒受傷吧？」

唐書瑤看著娘親臉上的擔憂，趕緊湊到娘親身邊轉了一圈。「娘，不信您看，我一點事都沒有。」

唐禮義誇讚道：「瑤瑤這運氣不錯，有準頭，今晚能吃上兔肉。」

「吃什麼吃？明早去鎮上賣掉。」說完馬氏瞪了一眼唐禮義。

唐禮義訕訕地笑了一下。

唐文昊看著自家親妹妹，沒想到對方居然能打中兔子，頓時有些好奇。「瑤瑤，妳怎麼打中的？」

唐書瑤看著自家大哥好奇的眼神，頓時有些尷尬。她能說她是用異能打的嗎？唐書瑤有些欲哭無淚，只能硬著頭皮解釋。

一邊的唐文博也湊到唐書瑤身邊，眼巴巴地聽著姊姊說起自己打獵的事，唐書瑤看著爹娘也要湊過來聽，一時之間壓力更大，不過最後也算是糊弄過去了。

全家人都佩服唐書瑤的運氣，連唐文博也改變了對唐書瑤的態度，開始姊姊長、姊姊短的圍著唐書瑤身邊轉。

唐書瑤心裡暗想，或許是小男孩都有崇拜英雄的情結，得知自己能上山打獵，頓時變得有些尊敬。不過不管為了什麼原因，見到小弟對自己發自內心的尊重，唐書瑤心裡還是滿意的。

唐書瑤看著娘親手裡的紙，抬起右手指了指。「娘，您手裡拿的什麼？」

「這是咱家的地契，下午妳爺爺和村長一起過來，帶著妳爹去了縣城換了地契，現在這個院子就是咱家的了。」

唐書瑤了然的點點頭，昨天就說好今天去的，上午沒見他們過來，而爹爹又去了賭坊，原來是商量好下午去。

為了明早去鎮上賣兔子，唐禮義找了村裡的獵人劉樹全給兔子去皮。

劉樹全常年上山打獵，對於去皮很是熟練，唐禮義順便請他幫忙賣掉兔子皮，劉樹全一口答應下來，也沒問唐禮義兔子是怎麼打的，他本人性子沈默，不喜歡打聽別人的事。

唐文博吵著鬧著要去鎮上，馬氏立刻拒絕，最後決定由馬氏和唐書瑤一起去。

翌日一早，唐書瑤和馬氏早早地起來吃了一點餅子，便往鎮上趕路。

桃花村向西走半個多時辰就是景陽鎮，現在地裡不忙，李根叔便每天早上趕著牛車拉著村裡人去鎮上，每次需要一文錢。

有那揹著東西多的人便坐一回牛車，更多的還是自己走路的人，馬氏看著從旁邊經過的牛車，便向袖子裡掏去。

唐書瑤看見自家娘親的動作，便知道對方這是要拿錢坐牛車，這才剛分家，她們也沒揹什麼，坐牛車就太惹眼了。唐書瑤趕緊阻攔說：「娘，這個背簍不沉，要不我來揹著吧，去鎮上也不遠，要不回來再坐牛車？」

「瑤瑤不想坐牛車？」

唐書瑤堅定道：「不想，娘還是我來揹著吧。」

馬氏看著逐漸走遠的牛車，咬了咬牙。「那就走著去，沒事我先揹著，一會兒再換妳揹。」

唐書瑤想著兩人換著揹也好，便同意了娘的話。

走進鎮上的時候，此時已經熱鬧了起來，道路兩旁的小攤開始叫賣，也有和唐書瑤一樣揹著背簍的行人，叫賣聲，問價聲，不絕於耳。

唐書瑤問：「娘，我們是去酒樓賣兔子嗎？」

馬氏一臉驚訝。「瑤瑤是想去妳大伯那兒賣掉嗎？還是算了，去妳大伯那裡，妳奶奶他們就知道了，妳爹這兩天還生著悶氣，我們就去小攤販的地方賣，這野味是好東西，不愁賣。」

其實娘親不提大伯在鎮上酒樓做帳房的事，唐書瑤根本忘了，既然娘沒有這個打算，唐書瑤也沒有繼續提。

唐書瑤跟著馬氏向前走，一股肉包的香氣鑽入唐書瑤的鼻子，唐書瑤情不自禁地吸了吸鼻子，馬氏看見唐書瑤的小動作，也嚥了下口水。「等一下賣了兔子，咱娘兒倆一人一個包子。」

唐書瑤有些不好意思地笑笑，沒想到剛剛的小動作讓娘看到了。其實唐書瑤想解釋自己沒有那麼饞，只是末世以來也吃不上什麼好吃的，來到這裡吃的食物又比較寡淡，突然間聞到包子的香氣，一時之間沒忍住吸了下鼻子。

最終，唐書瑤也沒有反駁娘親的話，說實話她有點懷念包子的味道，心裡想著自己可以上山打獵賺錢，偶爾買個包子吃也沒事。

馬氏帶著唐書瑤走到一處相對寬敞的地方，便將背簍放在地上，就在這時右邊走來一個挎著籃子的嬸子，見她身上穿的料子是最近流行的古香緞，一看就是富裕人家。

馬氏眼尖，帶著笑殷勤道：「剛打的兔子，您瞧瞧？」

那婦人走到跟前見是兔肉，問道：「怎麼賣？」

「小的這隻兔子有七斤，一斤十二文，一共是八十四文。」

馬氏看著這位婦人眼神轉移到那隻最大的兔子身上，頓時笑起來。「大的這隻有十斤，一百二十文一隻，這兔子肉多，家裡人都能吃得過來。」

婦人有些意動，詢問道：「妳便宜幾文我就買了。」

馬氏聞言臉上的笑容登時沒了，唐書瑤眼看不好，知道娘親貪小便宜的性子上來，立刻拽了一下馬氏的衣袖，馬氏回過神來，肉疼道：「給您減兩文，這上山打獵可是有危險，家裡人好不容易才打上一回兔子。」

那婦人一聽，也知道打獵可是有危險的，也是趕巧自家小兒子最近饞肉，加上對方也讓了兩文，便爽快給錢買了最大的那隻。

婦人走後，馬氏仍然一臉心疼的樣子，絲毫沒有為賺得一百一十八文錢高興，唐書瑤隨即安慰。「娘，這兔子也是我意外打到的，咱們賣了這麼多錢都是賺了。」

馬氏嘆氣。「妳還小呢，一文錢也是錢，一下子少了兩文，我的心啊有點難受，再說兩文錢夠咱倆坐一趟牛車多好？」

唐書瑤噎了噎，這話說得她竟然無法反駁，只能開口安慰。「娘，我努力賺更多銀子，到時候咱家買馬車坐。」

馬氏頓時笑了，沒想到自家女兒想得挺好，打趣道：「那娘就等著閨女買馬車給娘坐。」

唐書瑤看著馬氏不再心疼，反倒是打趣自己，便知道對方已經放下，又想著自己雖然沒有學會什麼造船術、造紙術，但是好歹前世讀過書、上過網，該有的見識還是有的，就不信自己能差到哪兒去。

這街上今日沒有賣兔子的小販，馬氏的兔子很快就賣了出去，有來砍價的最終少要了一文，三隻一共賣了三百文。

看著錢袋子鼓鼓的，馬氏的臉上露出了笑容，想著剛才女兒想吃包子，便帶著唐書瑤去買了包子。

肉包子一文錢一個，素包子一文錢兩個，馬氏毫不猶豫買了兩個肉包子，唐書瑤提醒娘親。「娘，還有爹爹、大哥和小弟呢。」

馬氏一向偏心，想也沒想地說：「不用管他們。」

唐書瑤勸道：「娘，既然兔子賣了錢，改天我再去山上打幾隻回來賣，今兒個也給他們買幾個吧！」

馬氏想著自家大兒子辛苦抄書，才又忍痛買了幾個肉包子，這搬家過來還有些東西需要備置，馬氏帶著唐書瑤去逛了雜貨鋪。

唐書瑤問小二。「這裡有孜然嗎？」

小二一臉懵懂表示不知道，這時候從後面進來一個中年男人，聽到唐書瑤的話，說：「孜然我只在藥鋪聽說過，不知道姑娘說的是哪種？」

唐書瑤解釋。「是味道很香的調料。」

中年男人皺眉，根本沒聽說過有種調料叫孜然，又見著對方穿著一身粗麻衣，以為對方聽錯了，便勸道：「可能姑娘聽錯了，調料沒有叫孜然的，藥鋪裡倒是有叫孜然的。」

唐書瑤謝過對方，知道這裡沒有，便想著一會兒去藥鋪看看，剛剛吃包子的時候，她就想若能加上孜然，味道會更好吃些。

馬氏走過來問：「怎麼了？」

唐書瑤搖頭，馬氏買了幾斤辣椒，兩人又逛了逛小攤販，買了幾斤豬肉，唐書瑤見到藥鋪，便領著馬氏進去買了一些孜然。

出來的時候，馬氏問：「買這個做什麼？」

唐書瑤解釋。「孜然可以做調料，味道很香，剛剛聽見雜貨鋪的人說的，我尋思著也買來試試，今晚咱回去包包子吃。」

馬氏雖然有些疑惑，不過聽到包包子，想著剛剛買的豬肉，回想著剛才買的包子，咂了一下嘴，心裡開始惦念著晚上的包子。

唐書瑤見自家娘親沒有追問，心裡頓時鬆了一口氣，她也是吃包子的時候想到孜然，用它做調料味道香，要是可以的話她想直接做包子生意。

畢竟上山打獵這件事，偶爾一、兩回可說是運氣使然，要是回回去都能打上獵物，難免惹人懷疑。她這是空有一身本事不能用，實在難受。

回程日頭太足，馬氏便想著坐牛車回去，唐書瑤這次沒有反對，早上去的時候不確定兔子好不好賣，如今賣得挺好，唐書瑤也不擔心沒有收入，手上現在也大包小包，坐牛車不惹眼，也可以讓娘親歇歇。

走到剛進鎮上的地方，就看到李根叔的牛車停在這裡，此時牛車上已經坐了幾個嬸子。

馬氏和唐書瑤剛坐上牛車，旁邊一個年輕的婦人便說：「書瑤娘剛分家就買這麼多肉，這沒有婆婆管著，就是大手大腳啊！」

馬氏立刻嗆聲道：「張大嘴，哪兒都有妳！有這閒心，管好妳家青山爹！」

那婦人氣得嘴都歪了，陰陽怪氣道：「這分家就是有底氣，買肉了也不給婆婆送點。」

馬氏覺得自己坐這牛車就是個錯誤，不過錢都給了也不能下去。「張大嘴，我看妳這是嫉妒我分家吧？要是妳也想，我可以幫妳。」

婦人脫口而出問：「怎麼幫？」

馬氏嗤笑了一聲，嘲諷道：「我今日就跟妳回家，告訴妳家老太太妳想分家，怎麼樣？可不必太感謝我。」

婦人頓時息了聲，這要是她自己提出來分家，老太太非得打斷她的腿，也不敢再找馬氏的麻煩。

唐書瑤看著自家娘親的戰鬥力，心裡有些佩服，又有些好笑，難怪小弟的脾氣有些大，八成是隨了娘親的性子。

回到村裡的時候，那婦人趕緊下了牛車，唯恐娘親真的跟她去和老太太提分家，其他坐牛車的人看著都笑了笑。

一進院子，唐文博便跑過來，馬氏說：「文博這鼻子真是夠尖的，聞著味就跑出來。」

唐文博討好地笑笑。「娘，妳們買了什麼這麼香？」

馬氏拿出了之前買的包子，給了唐文博一個，唐文博接過來吃，還伸手繼續拿另一個包子。

馬氏立刻拍了他的手，包子一共就三個，他們爺仨一人一個，訓斥道：「吃你自己的，這包子是你爹還有你大哥的。」

唐文博的手被馬氏拍了有些紅，癟了癟嘴，也不敢和娘親拗，只氣悶地跑回屋了。

馬氏氣得大聲呵斥。「唐文博你個小兔崽子，白給你買包子吃，扭頭就跑回去，真是慣得你越發沒樣了！」

馬氏在院子裡大聲呵斥，周圍鄰居有聽見的，便過來湊熱鬧，馬氏的臉色變得更加難看。唐書瑤皺著眉頭看著院子外的人，想到村裡人都愛聽八卦，便阻止娘親大聲訓斥弟弟。

看著只用籬笆圍的院子，在院子裡做什麼，別人都看得一清二楚，唐書瑤心裡想著等將來有錢，就用磚將院子圍起來。

第五章

剛剛從地裡回來的唐禮義，走進院子便聞到有股香味，不禁問：「什麼味道這麼香？」說著又使勁吸了吸鼻子，一臉陶醉。

馬氏小聲嘀咕。「一個個都是狗鼻子。」

馬氏給唐禮義遞了一個肉包子，又走到大兒子窗戶前，感慨道：「就你能坐得住，最後一個包子，趕緊吃。」

唐文昊笑笑。「娘受累了。」

馬氏大剌剌慣了，看著自家兒子斯文的樣子，終究還是不習慣，轉身走了。此時唐文博聽到馬氏沒有繼續說他，便走到唐文昊跟前，緊緊地盯著他大哥手裡的肉包子。

唐文昊說：「要不，我給你一半吧？」

「好啊好啊，謝大哥。」說著唐文博就想上前搶唐文昊手裡的肉包子。

唐書瑤眼神不善地站在唐文昊的窗戶前。「你們在幹麼？」

唐文博著急地說：「沒什麼、沒什麼，姊妳快去忙妳的吧。」

唐書瑤看著唐文昊一臉不知所措的樣子，倒覺得自己更像是姊姊。轉念一想其實大哥也就比自己大一歲，現在才十三，表面看起來穩重，實際上對自己的妹妹、弟弟很疼愛，不過就是太沒脾氣了。

唐書瑤嚴肅地說：「包子一人一個，大哥你吃你的，不能慣著文博。」

「姊，妳怎麼這樣啊！」唐文博一臉不滿地說道。

唐書瑤挑了一下眉。「哦？我怎麼了？你說說看，說出來給娘聽聽。」

唐文博頓時縮了縮脖子，扭過身子背對著唐書瑤。唐書瑤又叮囑唐文昊。「哥，包子要自己吃完。」

唐文昊立刻點頭答應，唐文博聽著唐書瑤的叮囑，知道沒得吃，氣呼呼地向榻上走去。

唐書瑤回頭的時候，剛好看見爹娘進了堂屋，自己也跟著進去。唐禮義問：「兔子賣的怎麼樣？」

馬氏一臉興奮道：「孩子他爹，賣了三百文，這年頭野味真是好賣。」說著還比劃起來。

唐禮義頓時樂了，他這一輩子一直待在家裡，也沒掙過什麼錢，聽到兔子賣了錢，心裡這高興勁也上來了。「下午買點酒，孩子她娘做點好吃的。」

馬氏臉上的笑容頓時沒了。「唐禮義！跟著你這麼久，怎麼沒發現你還有喝酒這一愛好呢？」

唐禮義臉上有些尷尬，看著自家閨女睜著大眼睛盯著自己，趕緊解釋道：「這不兔子賣了錢，是好事，喝點酒樂呵樂呵，妳看妳還叫上名字了。」

馬氏翻了一個白眼，知道自家女兒在這裡，要給孩子他爹留點面子，坐在榻上將錢袋子的銅板都倒了出來，嘩啦嘩啦地，一時間榻上多出一堆銅錢。

馬氏在一旁數銅板，唐禮義在一旁感嘆。「還是打獵賺錢快！」

馬氏抬頭反駁。「賺錢是快，你怎麼不說那山裡有大蟲呢？這要是一個不小心命都沒了。」馬氏說完扭頭看著唐書瑤叮囑道：「妳別聽妳爹在這裡瞎說，下回可別為了打獵進深山，山裡頭危險。」

唐書瑤點點頭，知道自家娘親擔心自己，也沒有反駁。

此時馬氏數完銅板，一共剩兩百五十三文，接著拿出五十文給了唐書瑤。「這次兔子是咱們瑤瑤打來的，理應給瑤瑤一些，剩下的娘先存著。」

「娘，太多了，用這錢多買點肉，到時候咱們家能多吃幾頓肉。」

馬氏拒絕。「這錢妳攢著自己做嫁妝，沒分家前我和妳爹也沒什麼進項，如今賺了錢，自然要好好攢著。」

唐禮義自從被馬氏喝斥後，便在一旁沈著臉沒出聲。唐書瑤覷了爹一眼，覺得他似乎在走神，便沒有再拒絕娘，收下了這五十文，錢雖然不多，也是娘親的心意。

日頭漸漸向西邊傾斜，唐書瑤已經在廚房裡開始忙活包包子。今天買了肉，下午的時候爹娘去地裡摘了些菜，唐書瑤準備包豆角肉餡包子，她在餡裡放了一點孜然做調料。

等到出鍋的時候，馬氏說：「比上午買的包子香多了。」

唐禮義和唐文博也聞著味進來了，唐文博趕緊湊到唐書瑤身邊，使勁吸著鼻子，問道：「姊，妳這做的什麼？真香！」

唐禮義不能像自家兒子那般丟臉，但也忍不住輕輕地嗅了嗅空氣中殘留的味道，好奇道：「聽妳娘說，晚上要蒸包子，這是什麼餡？」

唐書瑤手上繼續忙著活，嘴上回道：「豆角肉餡，這包子還須等一會兒蒸熟。」

馬氏在一旁攆道：「屋子本來就小，你爺兒倆別在這兒耽誤事，去去去，外邊待著去。」

唐禮義和唐文博對視一眼，心照不宣地嘆了一口氣，動作表情神似，給馬氏逗樂了，不過她還是板著臉將他們攆了出去。

等唐書瑤和馬氏將包子端上桌時，沒想到一心只有抄書的唐文昊也早早地坐在這裡，看到他們垂涎地盯著包子，她心裡不禁有些小驕傲。

唐禮義咳了咳。「孩子她娘，現在能吃了吧。」

「包子都做好了，還等什麼呢？」

馬氏話音一落，唐禮義趕緊拿了一個包子，其他人也開始吃起來，唐文博吃得最快。「啊！好燙！呼呼！」

「包子還冒著熱氣呢，燙還看不出來？你看看你哥，再看看你，真是活該燙嘴！」

馬氏沒好氣地說。

唐文博委屈地說：「娘，您也太偏心了，為啥老訓我？」

「為啥說你，你還不清楚嗎？上午誰給我擺臉色看呢，真是沒大沒小的。」

唐文博癟了癟嘴，小聲嘟囔娘親記仇，用力地吹著包子，將所有的不滿發洩在吹包子上。

此時唐書瑤看著家人問道：「爹、娘、大哥，你們覺得這包子味道怎麼樣？」

「好吃，閨女手藝不錯。」唐禮義邊吃邊回唐書瑤的話，口齒有些不清晰。

唐文昊嚥下嘴裡的包子，認真說：「妹妹蒸的包子，味道很香，還有一種很特別，但是很好吃的味道，不知道小妹放了什麼？」

說完，唐文昊好奇地看著唐書瑤。

唐書瑤跟大家解釋了一下關於孜然的事情，看著他們都說好吃，便乘機提出。

「爹、娘，我有一個主意。」

全家人都盯著唐書瑤，唐書瑤接著說：「今天娘親買了鎮上的包子，大家也都嚐過，但我覺得我做的包子比鎮上的好吃，不如咱家也做個包子生意？」

唐書瑤的話音一落，全家人頓時沈默，唐文博繼續專注著吃自己手上的包子，聽著姊姊說做生意，他的腦袋裡只能想到每天都有這麼好吃的包子，開口說：「姊姊每天賣包子，那我每天吃包子！」

唐文博的話打破了凝滯的氣氛，唐禮義回過神，點點頭說：「瑤瑤說得不錯，包子比鎮上賣的好吃，我看這生意可做。」

聽家裡人都支持做生意，唐書瑤的動力也更足了。

翌日一早，唐禮義去了鎮上王木匠那裡訂製了小推車，約定三日後來取。這三日裡，唐書瑤嘗試了其他餡的包子，一面教爹娘，最後家裡人決定賣芹菜素餡、韭菜素餡，還有豆角肉餡三種包子。

一家人圍坐在一起，吃著香噴噴的包子，馬氏問：「孩子他爹，你看這包子賣多少錢？要不跟鎮上那家一樣？一個肉餡的一文錢，兩個素餡的一文錢？」

唐禮義點頭。「也行，咱家就這麼賣！」

眼看爹娘的訂價有些低，唐書瑤急道：「爹娘，這包子餡裡還有孜然呢！調味全靠它了，咱家不能賣這麼低。」

唐禮義問：「瑤瑤想賣多少？」

唐書瑤看著全家人都盯著自己，緩緩道：「肉包子五文一個，素包子兩文一個。」

「這！瑤瑤妳這價太貴了，不行不行。」馬氏搖著頭拒絕。

唐書瑤試圖和他們解釋，最後一家人商量，肉包子三文一個，素包子兩文一個。

三日後待唐禮義去鎮上取了小推車，全家人開始籌備著做生意。

早上天還沒亮，唐禮義和馬氏就起來在廚房裡燒火、和麵，等唐書瑤起來一看，爹娘已經開始包上了，看來分家確實給他們很大的壓力。看著廚房熱火朝天，她心裡不禁感嘆：爹娘真的變了，這恐怕是他們第一回起這麼早吧！

心裡想著這些，唐書瑤進屋開始幫忙，待吃過自己蒸的包子後，除了唐文昊留在家裡繼續抄書，一家人都去了鎮上。

路上有村民見到唐書瑤一家，問道：「唐老三，你這一家子是幹啥去？」

唐禮義答道：「家裡準備做生意賣包子。」

聽到唐禮義的話，其他人臉上露出了詫異的表情，沒想到唐老三還有這麼勤快做正經事的時候，有的人誇讚道：「唐老三也勤快了。」

唐禮義跟著笑笑。

自己當家做主了，想不勤快也沒有辦法啊！難不成還真的讓女兒去打獵？

到了鎮上，找到一處相對寬敞的地方，唐書瑤就將蒸籠的蓋子打開了，頓時一股香味飄去，一位婦人走來問道：「包子什麼餡啊？」

馬氏笑道：「芹菜素餡、韭菜素餡，還有豆角肉餡，素的兩文錢一個，肉的三文錢一個。」

婦人驚道：「天！妳這包子是金子做的不成？這麼貴！不買了、不買了。」

馬氏立刻黑了臉，唐書瑤上前解釋。「這位嬸子，我們做的包子調料貴重，成本高自然是貴，一分價錢一分貨，要不然我們也不敢這麼要價，不信您可以買一個嚐嚐，要是不好吃，錢我給您退了。」

婦人一聽唐書瑤的話，不好吃還退錢，臉上的驚訝也沒了。「來個肉的，妳可是說不好吃就退錢的。」

馬氏扯了一下唐書瑤的衣袖，唐書瑤笑著搖了一下頭，自信道：「包子做得美味，恐怕您還要再買一個呢。」

周圍的人都過來湊熱鬧，見到唐書瑤說不好吃就退錢，紛紛道：「這小姑娘說得這麼自信，看這樣子應該不錯。」

「我聞著這味道著實很香啊。」

婦人給了錢，唐書瑤用荷葉將包子包起來遞給對方，荷葉是在村裡北邊的小河裡採的，洗得乾乾淨淨，用來給客人墊著包子用。

那婦人接過包子就開始吃了起來，她本來想挑刺說難吃的，誰想到一吃就忘了這事，一口氣吃了個精光，等到吃完後仍覺得意猶未盡，抬頭就看見剛才這個說要退錢的小姑娘笑咪咪地看著自己，頓時臉就像著火了一樣燒得通紅。

她厚著臉皮再買了兩個，以前從沒吃過這麼好吃的包子，雖然貴，但仍管不住嘴，只能忍痛買了。

看熱鬧的人見那婦人吃完後還買了兩個，有那富裕的想嚐鮮，便也痛快買了。

買完包子的人就在小推車旁邊吃，一臉的陶醉享受，看得人不自覺嚥了嚥口水，這下子唐書瑤這包子生意徹底開張了。

過了一開始的熱鬧勁，唐書瑤他們的生意還算是不錯，陸續都有客人，這時迎面走來一個小公子，他大約有十二、三歲，身材修長，皮膚白皙，一雙溫柔的桃花眼看著人滿是深情。

裴嘉哲聞著味道就見著不遠處有賣包子的，最近外祖母生病，他來這小鎮也沒什麼好吃的，沒想到今日一逛，倒發現一處美味。

裴嘉哲走到小推車前，看著眼前的丫頭眼神清澈明亮，絲毫沒有表妹那種恨不得吃了自己的眼神，頓時心裡舒坦，問道：「這包子都有什麼餡？」

馬氏隨即答道：「芹菜素餡、韭菜素餡，還有豆角肉餡，素的兩文錢一個，肉的三文錢一個。」

裴嘉哲挑了一下眉，雖然詫異這包子貴了些，不過他也想嚐嚐看。「來三個包子。」

馬氏給裴嘉哲裝了三個包子，旁邊的唐文博小聲和唐書瑤嘀咕。「姊，我有點餓了。」

唐書瑤搖頭。「這才多久你就餓了？還沒到晌午呢！吃太多容易胖，你還是忍忍吧。」

唐文博癟嘴。「別人都說胖是福氣，姊，我這是為咱家攢福氣呢。」

「喲，還攢福氣？唐文博你挺機靈啊，嗯，我看著你這臉福氣挺多，挺好的，不用再攢了。」

裴嘉哲在一旁聽著這對姊弟倆說話，覺得挺有意思，便插話道：「我看這小孩的福氣可以繼續攢。」

「對啊對啊！姊，妳看那個哥哥都說了，我還得攢福氣呢。」

唐書瑤聽著陌生人調侃，回頭認真打量著這位公子，只見對方臉上滿是笑意，似是把他們當成了熱鬧看，身穿月白色滾雪細紗，右手拿著扇子慢悠悠地搧著，後面跟著年紀相差不大的僕人，手裡拿著剛剛買的包子。

唐書瑤對這種八卦的人沒什麼好感，轉臉教育弟弟。「你看看這位公子，他這麼瘦，是不是很好看？可是他卻鼓勵你多吃，要你變胖，這是嫉妒你長得好看，讓你變胖了沒有他好看，信姊的話別聽他的。」

裴嘉哲一聽氣笑了。什麼叫我嫉妒他長得好看？之前他還慶幸這個丫頭沒有垂涎他的美色，如今倒好，居然諷刺他嫉妒她弟弟。

裴嘉哲笑道：「丫頭妳這話說的，我都有點不認識自己了。」

唐書瑤暗暗地翻了一個白眼，心想這人看著人模人樣，怎麼這麼沒事找事，便面無表情道：「這位公子，只能說你還沒有清醒地認識自己，人啊都覺得自己毫無缺點，你也是今天有幸得我點破，公子只要改掉缺點就好。」

裴嘉哲被對方堵得無話可說，瞥到對方爹娘正不善地盯著自己，裴嘉哲有些訕訕地，也不好意思再待在這裡，便轉身離開。

第六章

唐書瑤回頭就看見自家爹爹似是後怕地擦了擦額頭上的汗。

唐書瑤關心道：「爹，您哪裡不舒服？」

唐禮義擺擺手。「剛剛來買包子的那位公子，是咱們臨溪縣縣令家公子，沒想到跑來咱們小鎮上。」

馬氏皺眉說：「就算是縣令公子，也不能這般和咱家瑤瑤說話，幸好走得快，要不然我可得說說他。」

唐禮義瞅著孩子她娘硬氣的模樣，終究沒有開口反駁，也希望他想多了。

縣令公子雖然被瑤瑤的話堵回去，但也不至於找自家麻煩吧？

最終，這件事一家人也沒放在心上。

唐書瑤他們早上包了兩百多個包子，想著今日是第一天開始賣，也不知道行情好不好，總歸不敢包太多，可是沒承想不到一個時辰這些包子全部賣完。

鎮上的人手頭較闊綽，愛新鮮，有的人家聽說鄰居買了唐書瑤他們家的包子，還特意趕過來買來嚐嚐，結果來得有些晚，竟然一個都沒有了，那婦人是個絮叨的，在小推車前嘮嘮叨叨一盞茶的時間，就是要叮囑馬氏他們明日多賣點，那婦人家平時起得晚，來晚了沒買上就一臉可惜。

其實是那婦人聞到香味了，這麼香的包子看得見吃不著，別提有多難受了，從他們旁邊路過的行人聽那婦人說這包子怎麼怎麼好吃，就是賣得太少自己沒趕上，也跟著加入叮囑的行列。

馬氏咧著嘴笑著，也沒有不耐煩，反而極其認真地回覆他們明日一定多賣點。

回去的時候，他們朝著肉鋪走去買點豬肉，唐書瑤靈機一動，向肉鋪的老闆說道：「吳伯伯，我們家以後日日來買豬肉，這是要發展長期生意，您看是不是該便宜點？」

馬氏在一旁聽了哎喲一聲，一拍大腿跟著說道：「可不就是！我們家天天賣包子做生意，每日都來你這裡買豬肉，吳老闆可得算我們便宜點。」

吳老闆想了想，為了拉攏長期客，爽快道：「行，每斤便宜一文，不過可得說好了，每日過來買。」

馬氏張嘴就要答應，唐書瑤想到這裡的天氣時有變化，說不準哪天有雨，而自家是小推車賣包子，下雨了也沒法出來賣包子，自然不能過來買肉。

唐書瑤不著痕跡地扯了一下馬氏的衣袖，向吳老闆說道：「吳伯伯您放心，只要我們家做這包子生意，肯定會每日過來買肉，就是有時候遇上下雨天，您看我們家也不能出來做生意，自然是無法過來買肉的，這得提前跟您說一聲，也叫您放心，我們可是那講誠信的。」

吳老闆哈哈大笑。「妳這小丫頭話說得很周全，放心吧，遇上這種情況我也能理解，說好了每斤便宜一文，也不反悔。」

吳老闆答應得痛快，馬氏自覺占了便宜，臉上的笑容一直沒斷。

一家人回到家裡的時候，已經是晌午了，馬氏見著唐書瑤要去廚房，趕緊阻止。「瑤瑤歇會兒去，一會兒再做，誰要是餓了，就自己去做飯。」

馬氏這話一出，唐文博就只好癟著嘴，氣呼呼地進了屋。今日是第一天做生意，大家都忙壞了，午飯只能再等等。

唐書瑤剛準備進屋，就聽見後面有腳步聲傳來，回頭一看，原來是村裡有名的大嘴巴杏花嬸，正所謂無事不登三寶殿，平時自家和她也沒有什麼來往，如今見著對方過來，唐書瑤總覺得沒有什麼好事。

杏花嬸剛走進院子，就看到唐老三一家人，她眼睛滴溜溜地轉著，看著他們全都疑惑地看著自己，便笑道：「哎喲文昊娘，我聽說你們家去鎮上做生意？看看你們有什麼需要幫忙的。妳知道我們家孩子他爹擅長做木工，有啥需要只管跟我說。」

唐書瑤看著杏花嬸瞥見自家的小推車時，臉上難看了一瞬，轉瞬間又堆滿了笑容，眼神時不時地向廚房瞥去。

馬氏說：「嗯，有事就去妳家找妳，妳還有啥事？」

杏花嬸被馬氏平淡的語氣噎了一下，不過她臉皮厚，要不然也不會被村裡人稱為大嘴巴，依舊笑呵呵地說：「哎喲，好長時間沒來找妳嘮嘮嗑，這不看著妳都分家了，便過來看看。」

杏花嬸看著馬氏的臉色不太好，眼神轉了轉，接著說道：「文昊娘還不知道吧？今早你們去鎮上做生意，村裡都傳遍了，我是特意過來告訴妳的。」說完，杏花嬸一臉我為妳好的表情。

唐書瑤看著杏花嬸的表情，又聽見她說的話，便知道對方明為告知自家村裡的風聲，實際是來打聽自家怎麼突然做生意的原因，或許還想乘機蹭點東西吃。

開張第一天就上門打聽，吃相未免太難看，眼神還一個勁地向廚房看去，深怕別人不知道她想幹麼似的。

唐書瑤上前一步，笑咪咪地說道：「多謝杏花嬸的告知，只是如今我們家忙了一上午，爹娘都挺累的，這會兒就想休息一下，我們就不招待杏花嬸了。」

杏花嬸看著眼前笑咪咪的小丫頭，總覺得對方的架勢和以前不一樣，臉上帶著笑容，氣勢卻讓她感覺冷冷的，這話裡攆她走的意思她還是聽出來了，倒是沒想到這個小丫頭說話客客氣氣，態度卻是不容拒絕，還讓她挑不出錯來。

杏花嬸看著對面一家人的臉色都不怎麼好，再厚的臉皮也待不下去，心裡有些遺憾沒能套出話來，不過還是笑笑。「唉，今兒個就是有時間過來跟文昊娘說一聲，既然書瑤丫頭都說你們累了要休息，那我就先回去了，文昊娘有事來找我啊。」

說完杏花嬸又瞥了眼廚房，不甘心地轉身離開。

看著走遠的杏花嬸，馬氏氣道：「咱家剛做上生意，就巴巴地過來打聽，給她勤快地！」

唐禮義不好對村裡的婦人指指點點，但心裡也不舒服，任誰家剛做生意就被盯上，心裡肯定也不得勁，想著女兒剛才的表現，誇讚道：「瑤瑤剛才說得好，比以前懂事多了。」

還在生氣的馬氏聽見這話，頓時氣消了。「什麼叫比以前懂事多了？明明是一直很懂事。」

唐書瑤有些汗顏，這親娘的濾鏡還挺厚重啊……不過看著馬氏不再生氣，便放下了心，心裡對村裡人的八卦傳播速度又有了更深層的認知。

一家人在屋裡休息了一刻鐘的時間，唐書瑤去廚房準備做午飯，一進屋便看見自家大哥在那裡笨拙地燒火，臉上帶著被火熏出來的黑印，唐書瑤頓時笑了。一直以來大哥就是那種斯斯文文，不沾煙火氣的書生模樣，如今冷不防落入凡間，別說還挺有趣。

唐文昊自覺丟了臉，尷尬地擦了擦臉，臉色有些紅，不過很快鎮定下來。「我看你們都挺累的，就想試著做做飯，沒想到這火這麼難燒。」

聽著唐文昊的話，唐書瑤看著他臉上認真辯解的表情，心裡感嘆自家大哥絕對是一支績優股，以後的嫂子可有福了。

唐書瑤趕緊接過唐文昊手裡的活，說道：「大哥還是我來吧，我已經休息好了，現在不累，你先去洗洗臉吧。」

唐書瑤的話讓唐文昊意識到自己的臉上可能有什麼東西，嘴角扯了一個笑容，趕緊掩面向外走去。

一家人吃過午飯後，便坐在堂屋裡商議，如今包子的訂價大家都能接受，明日爭取多包點，另外只有早上賣包子時間太短了，中午也應該賣。

家裡人最後商定，早上唐禮義帶著唐書瑤去賣包子，馬氏留在家裡繼續蒸包子，等唐禮義他們賣完回來取，這樣中午也能賣上一回。

唐書瑤勸道：「娘，您這樣太累了，要不咱家招個人？」

馬氏搖頭拒絕。「咱家剛開始做生意，以前都靠家裡撐著，我和妳爹也沒有賺過什麼錢，如今自己當家做主，自然要好好做，給妳攢嫁妝，也得給妳哥攢聘禮，招人還得多花錢，蒸包子而已我還能做得了。」

唐書瑤低下頭，其實她有很多賺錢的方法，比如將她前世收進空間裡的玉器去當鋪兌換，比如去山裡打獵。只是這些唐書瑤若是做了，錢沒法光明正大地拿出來，她想要一家人都過上富裕生活，而不是她自己偷偷吃喝享樂。

上次打獵賺的錢，娘親歸功於自己的運氣，畢竟這村子裡可沒有女孩家能打上好幾隻兔子，一次成功說是運氣，兩次成功可就惹人懷疑了。而且娘親自從上次賣了兔子後，就直言不允許自己再上山，不然也不會她一提賣包子就答應，如今還是這麼拚命要賺錢的態勢，娘親她從前可是懶得出名呢。

而且爹也是一樣，他們夫妻並沒有覺得懶是什麼不好的事，即便那會兒奶奶說他們，他們仍然不以為然，如今卻是甘願起早忙活，唐書瑤能感覺到是自己影響了他們。他們嘴上沒說，但想來是看到自己上山打獵，為了給家裡賺錢，讓他們意識到女兒擔憂以後的生活。為了怕自己再偷偷上山，他們第一時間同意了自己提出的生意這件事，也沒有為了偷懶反駁說自家從沒有做過這個，會不會不行啊，會不會有什麼意外啊，而是堅定地同意自己的意見，並且積極地付出努力。

上回自己去山上打獵，娘親嘴上說著相信自己去山上撿柴，打獵是意外之喜，其實怕是心裡明悟自己就是特意想去山上看看有什麼機遇。

唐書瑤想著爹娘為自己做出的改變，心裡說不感動那是假的，只是這樣煽情的話她說不出來，現在也不懂得表達，便想盡力給他們帶來更好的生活。

商量好明日的生意，馬氏將今日的收入都倒在榻上，開始數了起來。「……五百一十八、五百一十九！今日賺了五百一十九文！」馬氏抬起頭激動地說道。

唐禮義聽著數字，臉上的笑容也逐漸變大。

唐書瑤說：「豬肉花了十七文，孜然花了二十六文，小推車是八十文，除去這些的話就是三百九十六文。」

菜都是自家地裡的不用算成本費，而麵是前些日子分家得的，暫時不算成本費，這樣一天下來就淨賺了將近四百文，唐書瑤也高興起來。

馬氏又拿出一百文給了唐書瑤，要她留著攢嫁妝，總歸這生意是女兒提出來的，而且也是女兒調的餡料好吃，這才生意好。唐禮義對此依然沒有反駁，能賺這些錢是他沒有想過的，孩子她娘想給，他沒有意見。

唐書瑤本想推拒，最後仍是收下了這一百文錢。她沒有想到娘親還會給自己分錢，她雖然來到這裡，但也沒有想過以後要成婚的事情，一來她前世沒有談過戀愛，二來她現在的年紀還早，如今娘親口口聲聲說要攢嫁妝，唐書瑤也將這事放進了心裡。

入境隨俗，總歸要找一個合自己心意的才好。

翌日一早，唐禮義和唐書瑤推著小推車到鎮裡去賣包子，還沒等走近，便發現昨日擺攤的位置圍了一堆人，唐禮義蹙著眉頭，發愁道：「這是有人搶了咱們的位置？」

唐書瑤安撫。「爹，咱們先去看看再說。」

唐禮義跟著點一下頭，只能先看看再說，臉色卻很難看，兩人剛剛走到人群外圍，就有眼尖的人看見唐禮義父女倆過來，激動地喊道：「來了來了，昨日賣包子那家來了！」

其他人聽見這話紛紛回頭，看見唐禮義父女倆總算過來，一個中年男人快步走上前說道：「哎喲老弟，你怎麼來得這麼晚呢？我們在這裡等半天了。」

唐禮義還沒有弄清楚眼前的情形，茫然道：「你們是在等我們？」

那男人嘴快道：「可不就是等你？快點快點，大夥兒都散開，賣包子的來了，讓一讓。」說完回頭看著一臉茫然的唐禮義催促道：「趕緊啊，大夥兒等著買包子呢。」

唐禮義這下總算是反應過來，見周圍的人紛紛讓開一條道，唐禮義父女倆連忙將推車推了過去，周圍就圍上很多人。

「給我兩個豆角肉的！」

「我要一個韭菜餡的！」

「我也要一個韭菜餡的！」

「我要韭菜和芹菜的！」

第七章

要買包子的人實在太多，一時間有些嘈雜，唐書瑤大聲道：「叔叔、嬸嬸們，安靜一下，咱們排隊來，一個一個說，要不然太混亂我們也聽不清。」

說完唐書瑤用手指揮大家在前面排成兩排隊伍買，頓時速度快了些，在唐書瑤裝包子的時候，一個嬸子誇讚道：「小丫頭很聰明，剛才亂烘烘的，我就怕自己買不上，現在排著隊就沒有那麼吵了。」

唐書瑤笑著回道：「謝嬸嬸誇讚，沒想到今日一來大夥兒已經在這邊等了。」

嬸子也跟著笑道：「還不是你們家的包子太好吃！昨日鎮上都傳遍了，這不一早就趕過來買了。」

「嬸子覺得好吃，下回再來買啊。」

「這丫頭真會說話，好好好，我下回再來。」說完嬸子笑起來，眼角的皺紋深了深。

唐書瑤沒有想到不過一日的時間，鎮上的人就開始流傳自家的包子好吃，不過轉念一想，畢竟自己調的餡料在這裡算是獨一無二，加上小鎮也不大，人們沒有什麼娛樂，自然喜歡聊天講八卦、湊熱鬧。

這喜歡嘮嗑的人多了，傳言自然傳得就快了。倒是省了打廣告的力氣。

腦海裡想著這些事情，剛抬頭就看見眼前站著縣令公子，此時他笑咪咪地盯著自己，一臉悠閒地搧著扇子，跟周邊格格不入，唐書瑤看見對方這個動作，心裡不禁默默吐槽：搧搧搧！就知道搧！看你大冬天的還搧不搧？

唐書瑤問：「公子要買什麼餡的包子？」

裴嘉哲剛剛從外祖母那裡逃出來，他本來是打算好好陪外祖母聊聊天，結果表妹一直在那裡搶話，為了躲避她，只好出來蹓躂蹓躂。

沒想到這麼巧又碰見昨日那個嘴尖舌巧的丫頭，看著她剛剛還向別人笑得一臉開心，到自己這兒就沒了笑容，心裡反思好像和她也沒有過節啊！怎麼就差別對待呢？

難道是自己平時對表妹太凶了，臉上不自覺帶上一些凶狠？

裴嘉哲不禁摸了摸自己的臉，隨即笑著說：「丫頭給我裝十個肉餡包子，你們做的包子味道屬實不錯，今日要給外祖母帶一些回去。」

唐書瑤本來看著對方半天不吱聲，也不知道在走什麼神，杵在這兒真是耽誤生意，本想攆他趕緊離開，結果對方倒是先誇起自家的包子來，這下唐書瑤對他之前的偏見瞬間沒了，臉上揚起了笑容。「公子眼光可真好，還是個孝順的，您以後也是有福之人！」

裴嘉哲一聽這話，嘴角的笑容深了深，沒想到丫頭不僅嘴尖舌巧，這好話說得他心裡也舒坦，頓時覺得丫頭順眼極了。

此時不遠處站著一對母女，正是大房的王氏和唐書夏。

王氏昨日聽村裡傳言老三一家開始做生意了，心裡嗤笑老三那一家子懶貨這是出奇了，還做上生意？恰好家裡的雞蛋這兩天攢得有點多，便想來鎮上將雞蛋賣掉，順便看看老三做什麼生意。

看著老三的小攤前圍著那麼多人，又聽別人說那肉包子一個三文錢，賣那麼貴，竟然還有這麼多人買！心裡頓時不舒坦了。

以前可沒見到老三一家有這手藝，難不成是婆婆藏私？私下傳授老三一家秘方？越是往下深想，越是生氣。明明二老是靠著自家養老，如今倒好，私底下竟然幹出這種事。

王氏自覺發現老三一家手藝的來源，心底越發埋怨二老偏心，而站在她身旁的唐書夏則是眼神嫉妒地盯著唐書瑤。

看著唐書瑤和對面英俊富貴的公子有說有笑，手裡攥著的帕子不禁被她捏得變形。唐書夏從前只是單純地討厭二房和三房的人，因為她總覺得是自家爹爹養了他們一大家子人，二房、三房的人都是在吸她爹的血，尤其是三房！

如今好不容易分了家，可是看著唐書瑤竟然認識了這麼英俊富貴的公子，她的心不禁嫉妒扭曲起來。

唐書夏最後沒忍住想要上前訓斥唐書瑤一頓，王氏趕緊攔住了唐書夏的動作。

唐書夏不滿道：「娘，您拉我幹麼啊？」

王氏低聲呵斥。「妳上前做什麼？趕緊跟我回家！」

「娘您沒看到書瑤她一點也不檢點，我要好好說說她，讓她不要侮辱咱家名聲！」說著唐書夏還要往那邊走。

王氏使勁拽著唐書夏的胳膊，臉色陰沈的訓斥。「妳給我老實點。走，趕緊回家找妳奶奶去！」

唐書夏不甘心地跟著王氏往回走，時不時地回頭望著那個公子，她本想學著大姊的模樣好好訓斥唐書瑤一頓，然後乘機認識一下那名公子，順便也叫他認清楚唐書瑤這個人，可惜現在不得不跟著娘往回返。

王氏帶著唐書夏健步如飛地往家返，剛進院子便看見老太太準備回屋，王氏想也不想地跟著進去。

老太太回頭望著大兒媳臉上的汗，心道這是有什麼事這麼急，還直奔自己屋裡來。

王氏質問道：「娘，您是不是給三弟包子秘方了?!」

老太太被突如其來的質問搞得有點糊塗，一時沒反應過來老三和秘方是什麼意思。

王氏看著老太太沒有反駁自己的話，越發覺得自己的想法是對的，不禁大聲道：「娘！您怎麼可以這樣做？那秘方怎麼也輪不到老三一家來做吧？娘您這麼做爹知道嗎？」

老太太雖然沒聽明白大兒媳話裡的意思，但是對方這質問的語氣她是聽出來了，臉色頓時沉了下來，厲聲道：「王氏！認清妳的身分！還有什麼秘方？妳給我說清楚！」

王氏被老太太的臉色嚇到，心裡懊悔剛剛太過莽撞，緩了緩情緒，說道：「娘，我今日去鎮上賣雞蛋，看見老三帶著書瑤那丫頭在賣包子，買的人還挺多，之前也沒見老三一家有什麼手藝，這如今突然賣上包子不說，還賣得這麼好，娘您是不是有什麼祖傳的手藝私下給三弟了？」

老太太心裡雖然疑惑老三突然賣包子，不過總歸是自己的兒子，現在做點生意賺點錢，她這心也算是放下了，她原本還打算過幾日私下給老三點錢過日子，如今看來倒是不用了。

轉頭看到大兒媳質問的臉色，呵斥道：「妳身為長嫂，成天就知道盯著小叔子一家，我沒有什麼祖傳的手藝，要是有早拿出來了，一家子把日子過好些不好嗎？何至於等到現在？別以為我不知道妳是怎麼想的，給我收起妳那齷齪的想法，老實待著！」

王氏被老太太一頓訓斥，腦子也冷靜了不少，看著老太太矢口否認，她心裡雖然懷疑老太太沒有說實話，但是也不敢繼續跟老太太頂嘴，只能賠著一張笑臉道歉。

等回到自己屋子時，王氏就看到小女兒陰沈沈地盯著自己，本來就憋著火氣，頓時爆發。「妳個死丫頭！妳那是什麼表情？哪家姑娘像妳這樣陰狠狠地盯著自己的娘！妳給我說說，妳想怎麼樣？妳是不是想上天！」

越說越激動的王氏忍不住上前擰了唐書夏的胳膊。

唐書夏一邊躲避娘親的毒手，一邊大聲反駁。「娘，您那會兒幹麼拉我離開？那唐書瑤不守規矩，在大街上和陌生男人說說笑笑，太不知臉面，我是為咱家的名聲著想，要去好好說說她！您就不聽我的，非要拉著我走！」

王氏此刻的腦中已經沒有任何理智可言，或者說她就是想衝著小女兒發火撒氣，尤其是見到自家女兒用那般陰狠的眼神看著自己，一時間更是火冒三丈。

王氏脫口而出道：「我看妳就是看上那個男人，別以為我不知道妳在想什麼。妳嫉妒唐書瑤比妳好看，嫉妒她勾搭男人，啊！唐書夏！妳是不是也想勾搭男人了？說！」

王氏逮到唐書夏，使勁地在她胳膊擰了擰，唐書夏疼得大叫，眼淚登時就流了下來，唐書夏怨毒地喊著。「您不也是嫌棄小叔一家好吃懶做，才設計分家！」

王氏一聽她頂嘴，更是氣得徹底失去理智，手上的勁道不自覺地加重，她們爭吵的聲音太大，老太太在門口喊道：「老大媳婦幹麼呢！」

老太太的話讓王氏找回了一絲理智，趕緊鬆開了手想看女兒的胳膊，低頭卻看見小女兒陰狠的神色，心頓時冷了下來。果然還是丫頭不行，以後要嫁出去的貨，大聲向外面喊了一句。「沒什麼事，我說兩句書夏，現在沒事了。」

「妳們小點聲！」

「知道了，娘。」

老太太聽到大兒媳教訓孫女，知道她剛才有氣，這是朝孫女發出來，她老人家不喜歡插手小輩的事，也不想她做得太過，警告兩句便轉身離開了。

王氏聽著老太太離開，剛才繃著的那根弦徹底鬆懈下來，又瞥到小女兒的臉色，低聲呵斥。「瞅瞅妳現在的表情，學學妳姊姊，妳這是給誰擺臉色看呢！」

唐書夏的胳膊現在感覺疼得火辣辣的，面上不敢再跟娘頂嘴，心裡的怨憤卻越積越大。

從小到大，娘對她常說的話就是學著點妳姊姊，學學學，難道娘從沒有看出大姊只是表面裝得溫柔善良，心裡還不是一樣惡毒嗎？

這麼一想，唐書夏心裡越發記恨大姊和娘，這個家裡沒有人在乎她，她要靠自己嫁個好人家，到時候讓爹娘跪求著自己，唐書夏轉念想到今日見到的那個男子，看著對方穿的布料，身後還跟著一個僕人，絕對是大戶人家。

唐書夏在心裡暗暗發誓，她要嫁給那個公子，讓大姊羨慕自己，讓爹娘求著自己！

到了晚上，王氏想著婆婆拒絕承認秘方的事，便想著跟孩子他爹打聽，等唐禮德回到屋裡的時候，王氏故意神神秘秘地說道：「孩子他爹，三弟做生意的事，你知道嗎？」

有了婆婆訓斥自己的經歷，王氏便想先試探一下孩子他爹的看法，再說出自己的想法。

唐禮德在酒樓裡忙了一天，累得只想到床上歇歇，頭也沒抬地應付道：「嗯，聽說了。」

王氏又說：「我今日去鎮上賣雞蛋，沒承想居然看到三弟在那兒賣包子，那包子三文錢一個！我的天，賣這麼貴還有那麼多人買，你說之前在家裡的時候，也沒見三弟一家有什麼手藝，怎麼能做的這麼好吃？」

唐禮德聽著王氏的話，略一思索，便明白自家婆娘是說三弟的手藝不知道哪兒來的，抬頭問：「妳這話什麼意思？」

王氏看著孩子他爹臉上沒什麼表情，心裡不知對方究竟是什麼想法，心一橫，乾脆大著膽子繼續說：「你說……是不是娘私下給三弟什麼秘方了？要不然三弟一家也不會突然就有這手藝。」

唐禮德聽著王氏的話，心裡有些不舒服，三弟突然做起生意不說，還做得這麼好，今日在酒樓還聽到有客人談論這手藝是怎麼來的，他心裡也在納悶，只是如今聽著王氏的意思，是自家娘私底下給三弟的，這心啊，頓時不舒服了。

怎麼說自己都是長子，娘還要靠自己養老，為什麼給的不是自己？唐禮德在心裡有些埋怨，不過轉念一想，這包子既然這麼掙錢，娘卻從來都沒有拿出過秘方手藝，實在沒道理。

唐禮德訓斥道：「妳就知道長著一張嘴胡說，娘要是有這秘方早就拿出來了，怎麼會等到現在？」

王氏看著唐禮德的眼神，就知道對方沒有真生氣，便故意在唐禮德面前小聲嘀咕。「或許娘就是留著傳承呢！」

唐禮德聽著王氏的話，腦海裡不禁想到小時候，阿娘溺愛三弟的情景。

那時候自己還沒有成家，但自覺已經長大，不會像三弟那般黏在娘身邊撒嬌，看著三弟哄得阿娘整天笑容滿面，從那之後唐禮德便意識到，嘴甜是一個很大的優勢。

唐禮德有些心塞，但雖然也覺得王氏這話有幾分道理，卻仍語氣不好地吼道：「成天胡說，管好妳的嘴！」

王氏自是怕當家的發脾氣，頓時不敢再說了，兩人躺在床上，久久不能睡著，王氏聽著枕邊人的呼吸，便知道當家的這是失眠了，心裡暗諷：還吼我呢？看吧，自己還不是睡不著！

王氏不死心地說道：「這事，是不是該讓三弟解釋解釋？」

唐禮德睜開眼睛，黑暗中他的臉色有些陰鬱，拒絕道：「既然分家，三弟怎麼做都是他的事，不管他秘方怎麼來的，現在他已經做上生意了，妳就別惦記了！」

王氏本以為他能和自己一個想法，讓三弟將這手藝交出來，現在鎮上不好找活計，文傑雖然會識字、認字，但是也沒能找到當家的這種好活計，眼看著三弟做生意做得這麼好，她這心裡就想著自己也學上那秘方。

不行的話就讓文傑去學，總歸家裡多一項賺錢的方法，可是聽著當家的拒絕，她也不敢親自出面讓三弟交出秘方，畢竟她只是唐家的媳婦，沒有立場。

她這心就跟那看著肉，卻吃不著肉似的，焦心煩躁。

第八章

這幾日縣令公子每天都會過來買包子，如今唐禮義見到他已經習慣了，不會再心驚膽戰，可以很好地無視對方。

此時唐書瑤見著眼前遲遲不走的縣令公子，微微蹙眉，心道難不成對方有什麼事？

裴嘉哲今日特地在這裡等丫頭，他知道丫頭賣不完包子，是不會跟著他離開。

最近他著實有些煩惱，加上這幾日他觀察丫頭有些機靈，又暗暗琢磨丫頭應該和表妹一樣大，便想著試一試，看看丫頭有沒有什麼好主意。

其實他看得出來表妹是想嫁給他，只是他從小就將她當成妹妹，感覺做自己妻子有些奇怪，便逐漸疏遠對方。

裴嘉哲猜測表妹應該有看出自己的意思，然而她卻沒有在意，反而一直纏著自己，往年的時候他經常來外祖母這裡待上幾個月，最近幾年因為讀書只有過年時才會來一次。

可是如今外祖母年紀大了，經常忘記一些事情，他小的時候外祖母常常照顧他，聽到外祖母經常忘記以前的事情時，他很難受，便想著好好陪外祖母一段時間。

只是這段時間表妹成天黏在自己身邊，搞得他只能躲著，生怕出什麼么蛾子，可是這樣一來他就沒有辦法陪在外祖母身邊，而他明白姨母、甚至是他家裡都對這件事樂見其成，他實在是沒有辦法，這才想到找這古靈精怪的丫頭問問。

眼見著他們的包子快要賣完，一會兒就要回去了，裴嘉哲知道自己現在不說，待會兒就更沒有機會了，便走到唐書瑤身邊，瞄了一眼她的神色，見她沒什麼表情，心裡有些忐忑，一臉懇求道：「丫頭，有個事想找妳幫幫忙，事成之後我欠妳一個人情。」

唐書瑤聽著這話倒是有些心動，畢竟對方是縣令公子，自己在這個地方，若是有什麼需要的，對方的身分實在是太方便，而且他還主動說欠自己一個人情，這人情債可是一個好東西！

唐書瑤心裡這樣想著，但是對方卻沒有表明他的身分，唐書瑤問：「你的人情？你是什麼人啊？」

裴嘉哲聽著丫頭的話，絲毫沒有惱怒，反而深覺她機靈，期待對方可以有一個好主意。「目前我還沒有考取功名，不過臨溪縣縣令是我爹，我可以做主，只要妳的事不違背我爹的立場，我都可以幫妳。」

唐書瑤一聽，便知道他的話有所保留，不過這樣已經很好了，畢竟任誰也不會幫和自家的立場相悖的忙。

唐書瑤道：「你說說看，我看看自己能不能辦到，要是我可以的話，我就幫你。」

「不如妳跟我去茶館說，這裡不太方便。」

唐書瑤轉身跟爹爹商量，唐禮義礙於縣令公子的身分，便同意了，不過還是讓唐書瑤帶著唐文博一起去，避避嫌。

今日是唐文博吵著鬧著說要來賣包子，這才帶他過來。

這裡男女大防並不是很嚴重，未成婚的姑娘也可以在街上逛，但若是一男一女的話，多少有些影響，只是現在唐書瑤才十二歲，加上有自家親弟弟一起陪著，唐禮義這才答應。

安國男女成婚年齡是在十六歲以上，二十歲以下，十五歲開始說親、訂親，而大堂哥唐文傑今年十七歲，才準備要成婚。因此唐書瑤這個年紀在其他人的眼裡還算是小女孩，不過總歸是要考慮周全些。

唐書瑤也覺得爹爹的想法是對的，便同意帶著唐文博一起去。

唐書瑤帶著唐文博，跟裴嘉哲向茶館走去。

到了茶館，唐書瑤開門見山道：「說吧，都到茶館了，是有什麼事情需要幫忙？」

不愧是丫頭，這麼直接，裴嘉哲笑了笑，說道：「其實我是想讓妳幫我想個主意，最近我一直住在外祖母這裡，本想著好好陪著外祖母，可惜表妹她總是喜歡找我說話，唉，我就是希望她能不要這麼頻繁地找我！」

這話說得委婉，但唐書瑤一聽就明白了，這是不想要爛桃花，但是因為對方是表妹，不能直接表明態度。

唐書瑤突然想到這裡的表哥、表妹是可以近親成婚的，但他們並不清楚近親成婚生下的孩子很大機率會智商低下，或者畸形。

想到這裡，唐書瑤說道：「之前經過鎮上的藥鋪時，聽到一個行腳大夫跟徒弟嘀咕，這親屬結親，不是親上加親，是親上加害。那生下的孩子十有八、九是個弱智，你可以解釋給你表妹聽，要是你表妹不信，你就找個有經驗的大夫問問，或者給你姨母說說，讓她知道利害關係，自然就能阻止你表妹了。」

裴嘉哲一臉驚訝，湊近問道：「真的？還有這事？」

唐書瑤一手推開裴嘉哲，嫌棄道：「自然是真的，不過你也得找那種行醫多年的老大夫，他們見多了，自然明白近親成婚是不好的。」

雖然這個說法大家都不清楚，但是唐書瑤相信總會有經驗豐富的老大夫能悟出這個道理，她想了想，接著說道：「若實在不行，你就先去打聽打聽哪家孩子有問題，再問問他們是不是近親成婚，這樣也好有個例子證明。」

裴嘉哲心裡雖然有些疑惑，不過若是這個說法是真的，就算表妹不認同，姨母也會阻止，想到這裡裴嘉哲越發期待這個說法是真的。

裴嘉哲看著坐在對面的丫頭，越是琢磨越是覺得丫頭是個寶藏。剛開始的時候他以為她只是有點伶牙俐齒，沒想到她笑的時候也很好看，更沒想到如今他病急亂投醫，她卻這麼輕易就幫自己解決一個大難題。

這讓他想看看丫頭究竟還有多少不同面孔。

裴嘉哲笑著道謝。「今日丫頭給我出了一個好主意，在下定會遵守諾言。對了，還不知道丫頭叫什麼名字，丫頭以後可以到臨溪縣縣令府裡找我，我叫裴嘉哲。」

唐書瑤看著對方真心實意地感謝，便也笑著回道：「我姓唐，唐書瑤，以後不要叫我丫頭，直接喊我名字，我也直接喊你名字。」

「好，爽快！那以後我便喚妳唐書瑤。」

唐文博在一旁插話道：「裴嘉哲，再點盤花生！」

唐書瑤頓時拍了唐文博的手，訓斥道：「沒規沒矩的，趕緊叫哥哥，你還挺不客氣的，點什麼花生！」

裴嘉哲湊近唐文博說：「小屁孩，叫哥哥，叫哥哥就給點花生吃。」

「哥哥，我要花生。」唐文博一臉討好地笑道。

唐書瑤看著自家弟弟這麼沒有出息，心裡頗為羞恥，嚴肅地衝唐文博說：「唐文博，你能不能有點出息？」

「姊，什麼叫有出息？」

唐書瑤被唐文博噎了噎，裴嘉哲頓時不厚道地笑了笑。

唐書瑤想著事情已經談完，不想讓唐文博在這裡繼續丟人，趕緊衝著裴嘉哲說道：「你要幫的忙，我已經出完主意了，現在也沒什麼事情，我還要趕著回去，跟我爹一起回家。」

裴嘉哲難得見到對方不好意思的臉色，還想欣賞欣賞，笑著道：「阿榮已經去跟小二說了，花生馬上就來，現在還早呢，不差這一會兒。」

唐文博也在一旁點頭道：「是啊姊姊，不能浪費。」

唐文博一本正經點頭說教的樣子太好笑，唐書瑤也被他的神色逗笑了，想了想便留下來一會兒，裴嘉哲家裡沒有弟弟、妹妹，看到小屁孩這麼有趣，便跟著唐文博說笑起來。

轉瞬間就看到阿榮回來，後面跟著小二手裡端著花生，唐文博眼尖地嚷嚷道：「快點快點！」

唐書瑤看不過去，本想朝著唐文博的腦袋一巴掌，但是礙於現在在外面，便拍了拍他的後背。「不用你嚷嚷，人家也會端過來，急什麼急？」

唐文博感覺後背有點疼，回頭一看姊姊一臉凶巴巴的樣子，即將吃到花生的好心情頓時沒了，嘶著嘴、皺著眉，一臉的委屈不解。

唐書瑤感覺今日實在是丟人極了，待唐文博吃了會兒花生，她就提出了告辭。

路上唐書瑤跟唐文博說道：「剛才跟裴嘉哲說的話，你回去不要告訴爹娘。」

「為什麼不能說？」

唐書瑤看著唐文博好奇的大眼睛，心道：為什麼？我也解釋不出來從哪裡聽說的近親不能成婚的說法，所以就不能說啊！

唐書瑤眼睛一轉開始蠱惑道：「你想想人家的身分，縣令的公子，那樣的人家哪能讓自己的事情流傳出去？他今日找我來幫忙，也是特意避開了咱爹，要是你回家跟他們一說，裴嘉哲知道了，豈不是要結仇？咱家能跟縣令公子結仇嗎？」

「不能。」

「對啊，不能結仇，那你還跟不跟爹娘說，今日我和裴嘉哲都談了什麼？」

唐文博搖頭，唐書瑤頓時笑了，誇讚道：「不錯，就是這個道理，任何人都不能說哦！」

唐文博立刻用雙手捂住自己的嘴，表示自己絕不會說出去，唐書瑤也放下心來，雖然她在前世知道近親不能成婚，但是這裡的人多半不清楚，只能胡謅一個聽行腳大夫說的，不過若是裴嘉哲派人打聽那些近親成婚的人家，便能發現這個說法是真的。

唐書瑤家做的包子生意越來越好，有時候碰上大戶人家派下人採買，一次就全部賣完了，這也讓沒買到的人抱怨。「還是你家包子蒸得少，這麼好吃怎麼就不能多蒸一點？」

雖是抱怨的話，爹娘卻笑呵呵地回道：「下次一定，一定多蒸些。」

生意做了一個多月，家裡頭已經掙了三十貫錢，爹娘每日的勁頭足，人也跟著瘦了一圈，唐書瑤時常勸他們，不必太過操勞，身體最重要，可是他們卻不聽，每晚樂呵呵地數錢。

大概是金錢的誘惑太大，任誰也想不到，曾經村裡有名的懶漢夫妻，如今從早忙到晚！

今日是大堂哥唐文傑成婚的日子，爹娘不得不休息一日，從早上開始抱怨，少賺了多少錢。

唐書瑤看著爹娘的背影，無奈地搖搖頭，回頭一看大哥也是滿臉的無語，兩人相視一笑。

自家親戚成婚，本就該早早地過去幫忙，可是娘親卻說，今日好不容易休息，她才不那麼早去呢。而爹在一旁也沒說什麼，唐書瑤想他們肯定還是在介意分家的事情，心裡有氣便不想去幫忙。

雖然這段時間兩人很勤快，那也是因為自家生意賺錢，而現在要去大房那裡幫忙，娘親自是百般不願意。

唐書瑤想著畢竟是親戚，不管分家的原因如何，爺爺總歸做到了公平分家，沒虧待她家，而且以前自家的名聲就不太好，現在做了生意，村裡人也沒有再說爹娘懶惰了。

這一次若是不回去幫忙，不僅爺爺的面子不好看，爹娘又會被人說閒話。

好不容易恢復一點好名聲，若是再次毀於一旦，只怕村裡人對於爹娘的想法更是根深柢固。

這段時間，唐書瑤也了解到名聲的重要性，現在她家做生意賺錢快，大哥也有希望繼續讀書，以後若是走上科舉一路，勢必要有個好名聲，而爹娘是大哥的親人，他們名聲不好，也會影響到大哥的仕途。

不管怎樣，唐書瑤還是勸說爹娘早點過去，有疼愛的女兒開口，馬氏還是不情不願地跟著唐書瑤一起去了大房，唐禮義隨後帶著唐文昊、唐文博也過去了。

剛走到門口，唐書瑤一眼便見到院子裡站著幾個嬸子，李明嬸是村裡手藝最好的，村裡辦席的人家一般都會請她來掌廚，想必這次應該是大伯母請來的。

此時王氏走過來，臉上帶著詫異，嘴上卻笑道：「三弟妹、書瑤妳們來啦？」

馬氏之前聽著唐書瑤的話，想到自己兒子也快大了，將來也得找兒媳婦，自己的名聲總歸要注意些，又看著院子裡有其他人在，也客氣地說道：「今日文傑成婚，我這個做嬸嬸的自然要來幫幫忙。」

王氏似是沒想到馬氏如今變得這般客氣，愣了一瞬，頓時反應過來趕緊笑著。「三弟妹來了就好，一會兒啊，咱們幾個在廚房裡忙活。」

心裡雖然還惦記著包子生意，不過今日是文傑的成婚大事，她就希望一切和和美美，順順利利地過完，看見馬氏這麼配合，王氏嘴角的笑容深了深。

第九章

馬氏帶著唐書瑤見過了老太太，大概是遠香近臭的原因，老太太比以前熱情多了，抓了一把瓜子遞給唐書瑤，她有些汗顏，老太太難不成把她當小娃娃哄了？

和老太太說過幾句話，馬氏和唐書瑤就去廚房幫忙，掌廚做飯的人已經有了，馬氏和唐書瑤就在一旁摘菜，秋田嬸問：「文昊娘，你們家可是做上生意啦？」

馬氏說：「這不分家了嘛，為了三個孩子，總得想想辦法，做一點小生意養家餬口。」

秋田嬸恭維道：「可不就是為了孩子，文昊娘現在挺辛苦吧？之前還有人說妳懶，我今日一見，這可真是天大的謊言啊，文昊娘既勤快，還有本事咧！」

馬氏一聽秋田嬸的話，心裡覺得舒坦極了，早上聽著書瑤說的那些話，從前沒覺得有什麼，如今已經分家，給大兒子找媳婦，外人還是得看自家的名聲，就算孩子他大伯是做帳房的，這跟自家孩子也沒有太大關係。

也是這一刻馬氏意識到，維護一個好名聲有多麼重要，尤其聽著秋田嬸誇自己勤快，馬氏便跟對方聊了起來，很是和睦。

那邊唐禮德帶著兩個兄弟唐禮仁和唐禮義，唐文傑也帶著唐文昊和唐文博，加上村裡玩得好的兄弟，趕著牛車去迎新娘子。

唐文傑今日穿了一身正紅色的喜服，料子雖不是麻料，但在這村裡也算是最好的喜服，有的人家成婚，買不起正紅色的料子，只能頭上、腰上弄點紅色的布料點綴，如今唐文傑能穿上一身紅，圍觀的村民們紛紛羨慕。

新娘子是鎮上的，這一來一回，加上迎娶新娘子時遇到的刁難，用了兩個時辰才回來。

唐書瑤聽著院子裡突然熱鬧起來，猜到是新娘子來了，便跑了出去，就見著院子裡有個人在新娘子的前面鋪著棕色的麻袋，這時馬氏也走到唐書瑤旁邊看熱鬧。

唐書瑤好奇地問：「娘，他們這是幹麼呢？」說著唐書瑤指了指那個鋪麻袋的人。

馬氏順著唐書瑤的視線看到，便解釋說：「這是倒麻袋，老祖宗傳下來的規矩，新娘子下轎走到堂屋，這路就得鋪上九個棕色麻袋，可以傳宗接代。」

唐書瑤點點頭，先前她以為新娘子怕鞋走路弄髒了，特意吩咐這樣做，畢竟這個大嫂是鎮上來的，或許有些講究，如今才明白這是祖宗規矩。

王氏在一旁笑得合不攏嘴，看著剛剛抬過來的兩箱嫁妝，她這腰就挺得直直的，村裡人也都在驚嘆這長孫媳婦是個有錢人家。

村裡人成婚，有點錢、疼愛閨女的人家準備嫁妝，頂多也就是一百文錢，加上一床新被子。如今唐文傑的新娘子嫁妝，就有兩箱，還有人專門抬過來，村裡人在一旁看熱鬧，一邊小聲感嘆著，這嫁妝一事也讓大房長了不少臉面。

也難怪大伯母他們會提出分家，找了一個這麼有錢的兒媳婦，自然家裡也要看著有錢，要是還沒分家，說不定新娘家就得嫌棄大堂哥一大家子住在一起太過寒酸，或許婚事還得告吹。

拜堂成婚的流程已經走完，新娘子也送進了屋裡，此時村裡人已經開始吃飯，喜慶的日子大夥兒聊天熱情也格外高，見著唐書瑤一家人幫著忙前忙後的，加上唐書瑤一家做了生意，不少人對他們有了改觀。

從前提起唐老三，村裡人都是一臉的譴責和嫌棄，如今卻是誇獎和表揚，這也讓老爺子的臉色變得更好看，王氏聽到這話時，心裡頭越發惦念秘方。

這次堂哥成親，大伯母準備了一個肉菜、五個素菜，遇到這種宴席，難免有那臉皮厚的人家帶上一家幾口人一起過來吃，最後菜都沒剩下。

幫忙收拾的幾個嬸子離開後，一家人都在堂屋裡，這是分家以來第一次聚在一起，爹爹面無表情地坐著，臉望向外邊不知道在想什麼，娘親也沈默不語。

一時間屋裡變得安靜，唐書瑤扭頭就看到對面的二堂姊唐書夏瞪著自己，臉色不善。唐書瑤心道，二堂姊難不成有病？無緣無故地瞪自己。

唐書瑤有些無語，衝她翻了一個白眼，餘光瞥到唐書夏的臉色變得更陰沈了。這陰鬱的臉色，跟三堂姊唐書蘭有得一比。

這時老爺子緩緩道：「現在文傑成婚了，書琪丫頭也該相看了。」

王氏聽到自己大女兒的事，趕緊說道：「書琪還小呢，現在不著急。」

馬氏嗆道：「都十五了，還小呢！」

眼見著大兒媳和三兒媳要吵起來，老太太趕緊阻止。「好了，妳爹說得對，書琪都十五了，也不小了，該相看了，怎麼？老大媳婦非得再找個大戶人家？」

「娘，我沒有那個意思，再說書琪她長得不錯，這成婚嘛，女子自然可以高嫁，再說書琪現在才十五，現在相看倒也可以，總該找個差不多的人家才好。」

老太太沒有反駁，總歸書琪是大兒媳的孩子，她這個娘想要她嫁給大戶人家，她要是真有這個本事，她也不會阻攔，就怕她心高氣傲，最後卻是一場空。

唐書瑤沒想到大伯母想要給書琪姊找個大戶人家，不過轉念一想，既然大伯母能給堂哥找個鎮上的媳婦，自然也想讓書琪姊嫁到鎮上大戶人家，再加上書琪姊成日在屋裡繡花，養得一身氣度就不適合做農活，看來大伯母早就有這個心思了。

夜裡，王氏躺在床上輾轉反側，心裡琢磨著今日其他人說到三弟家生意的事。越是琢磨，心裡越是惦念，尤其是文傑已經成婚，她不希望文傑以後種地為生，可當家的那份帳房活計又不能直接傳給文傑，畢竟掌櫃的也不會同意，每每想到這裡，王氏就越發惦念包子生意。

這些日子她忙著籌備婚事，加上婆婆和孩子他爹都不同意自己的意見，她也暫時將這件事壓在心底，如今兒子完婚，又聽著村裡人對三弟一家改變了想法，她這心就更堵得慌。

半夢半醒間，王氏聽到院子裡的雞鳴聲，這一夜沒怎麼睡好，王氏的黑眼圈也加重了些。

整個早晨王氏都有些心不在焉，連兒媳婦敬茶時，王氏都走神了，還是唐禮德在一旁推了推她的胳膊，王氏趕緊端著笑容誇了幾句，滿意地看著底下的兒媳婦。

一家人吃過早飯後，唐禮德早早地去了鎮上酒樓做工，現在有了兒媳婦，王氏手裡也沒有什麼活可做，這人一閒下來，又開始琢磨包子生意，最終沒能忍住，她跑到了鎮上，想要盯著三弟一家還有什麼其他訣竅。

王氏剛走到鎮上的時候，就見著前面有一個背影像極了孩子他爹，頓時有些心虛，想要趕緊躲起來，準備找地方藏起來的時候，沒承想她見到了這輩子最難以忍受的事情。

唐禮德手上不知道拿著什麼東西，遞給了朝他走來的一位婦人，那婦人身段豐滿，走起路來扭著身子，看起來就不正經，而唐禮德竟然還拍了她的肩膀。

王氏忘了她和孩子他爹已經有多久沒有這般親密的時候了。

如今唐禮德卻對另一個人關懷備至，溫柔相待，王氏覺得此刻的唐禮德陌生極了。臉上的溫柔是她從沒有見過的笑臉，王氏的腦子「嗡」的一下，瞬間空白，待她反應過來，便迅速向前跑去，上前拽著那個女人的頭髮開始罵起來。

「妳個小騷貨！不要臉的賤蹄子！勾引我家男人！妳個賤人！」

唐禮德被突然衝過來的王氏嚇了一跳，隨即反應過來趕緊上前攔著王氏的動作，看著柔兒被打傷，不禁使勁掰開王氏的手。

這女子叫黃柔，她突然遭到潑婦毒打，心裡的火氣也被勾了上來，不過她沒有忘記唐禮德喜歡溫柔的人，她趕緊整理自己的頭髮，看著一臉瘋狂的王氏，語氣溫柔，眼神得意地說道：「嫂子這是做什麼？不分青紅皂白就動手，也難怪德哥會抱怨！」

王氏聽了這話，一下子被刺激得更是理智全無，大聲嚷嚷。「王八蛋！賤人！你們兩個賤人！狗男女！」

唐禮德一聽王氏居然罵自己，鬆開王氏，狠狠地給了她一巴掌，周圍看熱鬧的人瞬間一驚。王氏也被這一巴掌打到了地上，她此時頭髮凌亂，衣衫也不整，整個人坐在地上愣了一瞬，眼淚不受控制地流下來。

唐禮德看著周圍的人指指點點，惱怒王氏在大街上撒潑動手，轉身憋著氣衝黃柔說道：「妳先回去！」

黃柔餘光瞄到地上的王氏盯著他們，故意湊近唐禮德小聲說：「德哥，你小心些，有什麼事再來找我。」

唐禮德點點頭，也沒有心思繼續哄著黃柔，好在對方著實是個溫柔的性子，沒有像王氏那般在大街上打起來，也沒有大喊大叫讓他失了面子，心裡的天平更是偏向了黃柔。

王氏被唐禮德這一巴掌打得清醒過來，同時見到他們說話的情形，也讓她的心徹底涼了下來，她快步衝向黃柔，狠狠地抓傷了黃柔的臉。

「啊！我的臉！」黃柔沒想到對方會突然衝過來，更沒想到對方一下子就抓傷了她的臉，疼痛也讓她失去了理智，不管不顧地和王氏扭打起來。王氏的臉上閃著興奮和仇恨的神色，這也使得她的臉看上去有些扭曲。

唐禮德被突然的變故嚇了一跳，更是沒想到黃柔居然也變得潑婦起來，眼見著圍觀的人越來越多，似是要將這條街上的人都吸引過來，唐禮德再也顧不上面子，大聲吼道：「快住手！」

另一邊，有認識唐家的人見到唐禮德在街上和兩個女人打起來，趕緊向唐禮義報信。

唐書瑤看著眼前呼哧呼哧不停喘氣的林木叔，趕緊勸說。「林木叔，您先歇一下，有什麼事歇一下再說，不著急。」

林木叔擺擺手，緩了一下，語氣急速地對唐禮義道：「唐老三，我看見你大哥跟兩個女人在那邊打起來了！」

唐禮義一臉迷糊道：「木子，你說啥？我大哥？」

李林木著急道：「對，就是你家唐老大！要出人命了！你快去看看！」

唐禮義一聽，心裡頓時急了，雖然跟大哥有點恩怨，可兩人畢竟是親兄弟，這關乎人命的事，自然是心急擔心。唐禮義扭頭叮囑唐書瑤。「瑤瑤妳在這裡看著，一會兒我叫人讓文昊過來幫妳，你們倆一起回家。」

「爹，您放心吧，我一個人能忙得過來，我會在這裡等大哥過來的，爹您趕緊過去看看。」

唐禮義沒有猶豫，趕緊跟著李林木一起向唐禮德的方向跑去。

待兩人跑過去的時候，唐禮德他們已經不在街上了，唐禮義問周圍的人才知道大哥帶著大嫂已經回家了，唐禮義聽到自家大哥沒有受什麼傷，頓時放下心來，不過為了弄清楚究竟發生了什麼事，他決定回老家看看。

唐禮德又回到自家的小推車前，向唐書瑤問道：「瑤瑤，包子還剩多少？」

「只剩三個素餡包子。」

「收拾收拾咱先回家，今日不賣了，去看看妳大伯究竟怎麼回事。」

唐書瑤點點頭，兩人一起推著車子回去，到了院子門口，唐書瑤趕緊跑進廚房看著娘親說道：「娘，您先別再蒸包子了。」

馬氏疑惑。「怎麼了？出什麼事了？」

這時唐禮義也進了廚房說道：「今日大哥和大嫂在鎮上打起來了，也不知道他們這是怎麼了，我尋思現在去老家那邊看看，今日先不賣了。」

馬氏一口答應，心裡也好奇著大哥、大嫂出什麼事，竟然能在大街上打起來，手腳麻利地收拾了廚房剩下的活。

待馬氏出來時，才知道唐禮義已經去了大房那裡，小聲嘟囔。「也不知道等等我，走得夠快的！」

馬氏看著一旁好奇的姊弟倆，手一揮。「走，去老家看看！」

第十章

唐書瑤他們剛剛走到大房院子門前的時候，就見到村裡幾個好說八卦的嬸子在門口趴著偷聽。

唐書瑤故意大聲咳了一下，幾個嬸子回頭見著唐書瑤他們，訕訕地笑著。

秋月嬸被人發現了，也沒有不好意思，反而湊近唐書瑤問道：「書瑤妳大伯和妳大伯母這是怎麼了？」

唐書瑤看著秋月嬸滿臉的好奇八卦，想到自己上山時她們在背後說壞話，那時因為距離太遠，而自己因為有異能的原因，能聽到常人聽不到的距離的聲音，沒辦法回去諷刺她們，如今撞在自己手裡，她這陣子在鎮上也聽了許多事呢。

唐書瑤心下冷哼，臉上笑咪咪地說：「秋月叔這段日子常來關照我們家生意，每次買包子都能帶上家裡人的份，想必秋月嬸也覺得我們家包子好吃吧？」

唐書瑤這話答非所問，卻讓秋月嬸的臉色瞬間難看起來，隱隱能看到對方臉上的青筋，眼神滿是陰鬱，不知道對方想到了什麼，竟是不打聲招呼轉身就跑了。

唐書瑤撇了撇嘴，眼裡閃過一絲冷嘲。

前陣子她發現秋月叔跟旁人有些不清不白，畢竟秋月嬸只生了一個女兒，秋月叔自然是不甘心的，只是礙於秋月叔是上門女婿，平日靠著秋月嬸養活，雖是有賊心、沒賊膽，但背著秋月嬸做些小動作還是敢的。

唐書瑤本不想給秋月嬸難看，只是對方三番兩次想聽自家八卦，背後嘴碎的話也是十分難聽，唐書瑤便想給她一個教訓。

旁邊聽到唐書瑤和秋月嬸對話的幾個嬸子，看著唐書瑤不懷好意的笑，情不自禁地向後退了一步。

看著她們都十分自覺地不再打聽，唐書瑤也沒有時間跟她們閒扯。馬氏沒有想到女兒變得這般口齒伶俐，有點茫然，唐書瑤回過頭來看到馬氏的表情時，心裡咯噔一下。

這一次諷刺秋月嬸，和上一次在院子裡趕杏花嬸不一樣，上一次說話客氣，理由也是有理有據，爹娘只是感嘆自己比以前聰明，如今卻是直接拿人家短處說話，這是從前的原主沒有做過的事，看到馬氏臉上的茫然，她心下很是擔憂。

唐書瑤是真的很喜歡現在的家人，來到這裡還不到兩個月的時間，她已經幾乎忘記末世的陰霾，想到娘親會害怕自己，她的心就有些難受。

馬氏回過神來，見著女兒一臉擔心地看著自己，彷彿做錯了什麼。「不愧是我的閨女，就是像我，好樣的！」說著馬氏拍了拍唐書瑤的肩膀。

唐書瑤心下鬆一口氣，隨即露出一個大大的笑臉，唐文博在一旁說道：「姊，妳笑得像個傻子！」

唐書瑤嘴角的笑容頓時停住，扭頭就在唐文博額頭上彈一記。

「哎喲，我的天！娘您看我姊！」唐文博大聲嚷嚷道。

馬氏眼神不善地看著唐文博，學著唐書瑤的樣子，也給唐文博來一下，唐文博委屈得眼淚在眼眶裡打轉，也不知是委屈的，還是疼的。

在門口耽誤太長時間，馬氏也沒時間哄唐文博，轉身趕緊向院子裡走去，唐書瑤低聲哄道：「乖乖地老實聽話，下回就不打你了。」

唐文博微微抽噎，不情不願地跟著唐書瑤向院子裡走去。

剛走進堂屋，唐書瑤就見到地上跪著的大伯，和一旁坐在地上大聲哭泣的大伯母。而坐在上首的老爺子嘆著氣，老太太倒是一臉無所謂的樣子，另一邊的唐文傑小聲地哄著大嫂，唐書琪和唐書夏兩姊妹則是愁眉苦臉地望著大伯母。

這時唐書瑤感覺到自己的袖口被人拽了拽，扭頭一看是唐文博，他此時滿臉好奇，小聲地問：「姊，這是怎麼回事？」

果然小孩子注意力轉移地快，剛才還委委屈屈，現在卻是一臉好奇。

唐書瑤心理覺得有些好笑，給唐文博比了一個閉嘴的手勢，唐文博秒懂，趕緊雙手捂住自己的嘴，姊弟倆這些日子相處，唐文博已經明白姊姊奇怪的手勢意思。

這時老爺子問道：「那個女人是誰？」

唐禮德看著老爺子欲言又止，沒有開口，王氏見著當家的這般維護那個女人，心裡的恨意也越發深刻，冷聲道：「當家的叫小賤蹄子柔兒！」

唐禮德眼神不善地瞪了一眼王氏，王氏不甘示弱道：「怎麼？你還想找那個賤人！」

「閉嘴！」唐禮德大聲道。

王氏看著當家的黑沈的臉色，想到剛剛他在大街上打自己的那一巴掌，心裡陡然害怕起來，轉念又心灰意冷，繼續啜泣。

老爺子黑著臉，呵斥道：「我看你才應該閉嘴！」

緩了一瞬，老爺子繼續罵。「這話本不該我說，我看你到現在還是執迷不悟！那好！唐禮德你聽著！十五年前，是黃柔拒絕咱家的求親！」

唐禮德猛地抬起頭，倔強道：「還不是因為她爹娘強迫她?!」

老太太本不覺得自己的兒子在外面有個相好是什麼壞事，只要她兒子找的不是有夫之婦、不是那樓裡出來的就行，可是沒想到大兒子竟是這般迷戀那個不要臉的女人。

老太太冷哼道：「你那會兒想娶黃柔，娘自然是滿足你的心意，特意找了媒婆向她家說親，但媒婆回來跟我說，她家已經私下訂親，你前一日才跟為娘說黃柔答應跟你成婚，娘第二日就找媒婆上門，結果你看看，人家早就有了親事，不是耍你，那是什麼？」

唐禮德大聲反駁。「是柔兒爹娘強迫她的！」

老太太為自己的大兒子執迷不悟感到頭疼，繼續說道：「那我去鎮上見到她那會兒和賣糧食的孫武有說有笑，唐禮德，你說說這是被迫嗎？」

「娘，當時是您告訴我，黃柔被她爹娘逼著嫁給別人的。」唐禮德有些崩潰地說道。

老太太嘆氣。「那是娘為了你的面子好看、心裡好受才這麼說，難道要我說，黃柔她家瞧不上咱家種地的，找了鎮上賣糧食的？娘不忍心這般直接告訴你，只能跟老頭子商量，找了這個藉口騙你，沒想到你到現在還是這般執著。」

唐禮德直直地盯著老太太，似是想弄清楚老太太話裡的意思，整個人像是被人抽了精氣神，癱坐在地上，雙目無神地盯著前面。

老爺子說道：「那個女人現在成了寡婦，老大你安心過你自己的，別再想那些舊事，跟她斷了來往，老大媳婦妳也不要鬧了，好好過自己的日子。」

王氏低聲應道：「是，爹。」

唐禮德依舊沒有任何反應，老爺子自覺把話已經說明白，他相信老大會聽他的話，老爺子看向屋子裡的其他人，問道：「老三你怎麼來了？」

唐禮義解釋。「今兒在鎮上賣包子，有人見到大哥和大嫂打起來了，還跟兒子說要出人命，兒子趕緊跑過去看看，到了那裡聽別人說大哥、大嫂已經回來了，這才過來看看。」

老爺子聽他關心大哥，點點頭，有心想說些什麼，可是看著地上坐著的老大和老大媳婦，最後擺了擺手。「現在沒事了，老三你們回去吧。」

唐禮義跟老爺子和老太太問過安，隨即帶著馬氏和唐書瑤他們回了家。

唐書瑤看著外面的天空陰沈沈的，淅淅瀝瀝的小雨不停地下著，轉身走進堂屋，便見著爹娘一副愁眉苦臉的模樣，唐書瑤安慰道：「爹、娘，今日我們再休息一日吧。」

馬氏埋怨道：「昨日因為大哥已經耽誤了一日生意，結果今日又趕上下雨，這生意也做不了了。」

唐禮義張了張嘴，最終還是沒有說什麼。

唐書瑤望著外面的天，心道下完雨，去鎮上的路也不好走了，這生意耽誤的恐怕不只是一日，只是看著娘親的臉色，唐書瑤跟她爹一樣，沒有將話說出來，免得娘親更難受。

閒著無事，唐書瑤便想著學學這裡的字，雖然有些字她也認識，但其他人不知道她是識字的，再加上這裡是寫書法，她只能認出來，卻寫不出來，唐書瑤便想著也該學一學。

唐書瑤拽著唐文博，來到唐文昊這邊。

唐文昊有些詫異地看著小妹、小弟，問道：「瑤瑤是有什麼事？」

唐書瑤還沒說話，唐文博就搶先回答。「姊想學字。」

唐書瑤瞪了唐文博一眼，扭頭笑嘻嘻地說道：「大哥，今日家裡不用做生意，想跟你學認字，順道也教教文博。」

「我才不學呢！」唐文博一口否定。

唐書瑤瞇了瞇眼，抬起手就想揍他，唐文博瞧見勢頭不對，迅速轉身跑出去，邊跑邊喊道：「我就不學，就不學。」

唐文昊說：「小弟他現在不想學，待他大一點，我再來教他，瑤瑤到案前來，我先教妳學千字文。」

唐書瑤心裡對自家大哥很尊重，他的話她也會認真聽進去。走到案前的時候，她看著唐文昊抄書的字跡，雖然不懂什麼字體，卻感覺這一手字寫得乾淨整潔，看著舒服。

唐文昊笑道：「瑤瑤妳看出什麼來了？」

「大哥這字寫得很漂亮！」唐書瑤點了點頭，認真點評道。

唐文昊輕笑出聲，揉了揉唐書瑤的腦袋，說道：「我們開始學字吧。」

唐文昊教唐書瑤的三個字，就是唐書瑤的名字，兄妹倆在教認字的時候，唐書瑤好奇問道：「咱們家的名字都是誰取的？」

「爺爺那裡有家譜，咱們小輩的男丁是文字輩，女孩是書字輩，是爺爺找鎮上的老童生取的字。」

唐書瑤點點頭，盯著唐文昊眨眨眼。「哥，我學會了，咱們繼續啊？」

唐文昊認真地看了一眼唐書瑤。「這認字要一步一步來，妳今日將妳的名字學會即可，無須再學其他，大哥也是擔心妳一次學太多，容易忘掉。」

唐書瑤有心想要反駁，不過看著唐文昊一本正經的樣子，便知道他已經認定了這件事，唐書瑤問：「大哥明日也要教我認字嗎？」

唐文昊想了想，說道：「你們每日下午回來後，便到我這裡，我繼續教妳認字。」

唐書瑤點點頭，也同意了唐文昊的說法。

教會了唐書瑤認識自己的名字，唐文昊又繼續抄書，唐書瑤在一旁看著，腦子裡想著這段時間家裡賺的錢攢下了多少，待秋日學堂開學後，便跟爹娘商量讓大哥繼續唸書的事。

這雨下了兩天才停，路上積了水，小推車也不好走，馬氏看著已經耽誤了三日的生意，嘴角都起了個疱。

一家人吃晚飯的時候，馬氏在一旁唉聲嘆氣，嘴角的疱太疼，她也沒有胃口吃飯。

唐禮義勸道：「這下雨也是正常事，妳就當歇歇了，瞧妳，還上這麼大的火，至於嗎？」

馬氏張嘴就想罵人，一時激動扯到了嘴角的疱。「嘶」一聲，鑽心得疼。待緩過來，馬氏哼道：「原先也沒發現錢是個好東西啊。」

唐禮義被自家媳婦逗笑了，看著對方嘴角的疱，想了想，說道：「大不了天氣好了，咱家多蒸點包子，把這兩日的錢再賺回來。」

「這可是你說的啊，那你自己早起多蒸點。」

「放心吧，肯定早起。」

馬氏一聽，這才滿意地笑了，隨即給唐禮義挾了菜，唐禮義覷了馬氏一眼，樂呵呵地吃著自家媳婦挾的菜。

屋裡瀰漫著淡淡的溫馨，唐書瑤自從見到大伯在外面找人，心裡偶爾會閃過一個念頭，擔心自家爹娘心裡頭會不會惦念別的人，今日看著他們之間的互動，暗怪自己想多了，爹娘他們這麼恩愛，怎麼會像大伯一樣糊塗？

再過一日，地上沒有了積水，唐書瑤他們又恢復了做生意。

一直到八月氣候涼爽起來，沒幾日就要秋收了，這日太陽快要下山的時候，老爺子來到自家院子裡，眼神複雜地看著小兒子。

轉眼已經分家兩個多月了，小兒子這包子生意做得不錯，他也沒想到老三如今不僅有出息，還做得有模有樣，恐怕是以前家裡太慣著他了。

老爺子問：「秋收你打算怎麼辦？」

第十一章

唐禮義沈默，他把秋收的事早忘到腦後了，此時老爺子突然過來詢問秋收的事，他有點茫然。

唐書瑤想著五畝田雖然不多，但爹娘從前也不是幹農活的好手，還不如雇幾個村民幫忙收了比較有效率，唐書瑤看著老爺子說道：「爺爺，爹娘還要忙著做生意，家裡也騰不開手，不如請幾個村民幫著收地，您看這一日工錢多少合適？」

唐禮義聽到女兒的話，恍然大悟，趕緊說道：「瑤瑤說得對，我們家雇人收地。」

老爺子張了張嘴，心裡想說既然要雇人，不如我去幫忙，可是轉念一想，如今已經分家，自己再幫著小兒子收地，其他人還不知道怎麼笑話自己，既然小兒子現在掙錢了，想雇人那就雇吧。

老爺子說：「既然你們想要雇人，那就找兩個人，兩日便能收完，村裡還沒有雇人收地的活計，到鎮上搬麻袋，一日能得十二文錢，我看你們給八文錢就行。」

唐禮義一聽，趕緊點頭。「那就八文錢一日，不知道二哥能不能做？」

老爺子聽著小兒子的意思，心裡頗覺熨貼，小兒子還惦記他二哥，上回也懂得關心大哥，知道向著自家人，分家並沒有讓他們兄弟幾人感情消散，他這心裡好受多了。

唐書瑤趁著老爺子和爹爹在院子裡嘮嗑，便到廚房裡準備晚飯，唐書瑤做的菜好吃，全家人都很喜歡，唐書瑤也喜歡為家裡人下廚做飯。

趕巧今日從鎮上回來的時候，唐書瑤多買了幾斤排骨肉，想到自己前世吃過的紅燒排骨，她忍不住加快了手上的動作。

唐書瑤在砧板上切好小塊排骨，又洗好幾塊馬鈴薯切成塊狀，開始生火。

這個世界食物種類很全，花生、玉米、辣椒、馬鈴薯這些東西都已在安國百姓中流傳。

用小火將鍋燒到六分熱的時候，唐書瑤趕緊倒上豆油，將剛剛切好的排骨倒入鍋裡，加入各種調料，一瞬間香氣撲鼻。唐文博迅速衝進廚房，腦袋挨著她，使勁地嗅了嗅。「姊，妳今日做什麼呢？真香！」

唐書瑤推開唐文博。「別在這裡添亂，到一邊去。」

唐文博最近習慣了姊姊的態度，絲毫沒有放在心上，見著有好吃的，反而笑嘻嘻地說道：「姊，妳手藝越來越好了，妳是這個！」說著唐文博對著唐書瑤比了一個大拇指。

唐書瑤頓時樂了。沒想到小弟記性挺好啊，見過自己比過一個大拇指的手勢，這就記住了。再配合他真誠的眼神，倒是頗有些古靈精怪的可愛。

此時院子裡老爺子看著廚房飄出的香氣，頻頻地向廚房望去，唐禮義見到自家爹的表情，一臉與有榮焉的模樣。「爹您今晚也嚐嚐瑤瑤的手藝，這些日子瑤瑤做菜可好吃了。」

老爺子矜持地點點頭，只是他嘸口水的模樣出賣了他，他這一輩子勤儉慣了，也就逢年過節才能吃上一回肉，見小兒子日子過得不錯，平常日子就能有肉吃，他這心裡也很安慰。

也不知是太久沒吃上肉的緣故，還是真如小兒子所說小孫女手藝好的原因，老爺子聞著空氣裡的香氣，肚子不爭氣地咕嚕叫了兩聲。

唐禮義自然是不敢嘲笑他爹的，只好硬憋著，臉色憋得有些紅。老爺子活這麼大歲數，見著小兒子的表情，自然知道他是想笑自己，老爺子內心有些尷尬，轉頭望向院子外。

就在這時，唐書瑤從廚房裡面出來，看著院子裡的老爺子和爹爹，大聲道：「爺爺、爹，飯做好了，咱們先吃吧。」

「哎喲，瑤瑤今日做了什麼啊？這麼香！」唐禮義笑道。

唐書瑤笑答。「紅燒排骨和雞蛋肉丸，你們快嚐嚐。」

一家人坐在堂屋裡，老爺子看著馬氏和小孫女也在這張桌子上吃飯，也沒有開口說什麼，挾了一塊排骨到碗裡，這一嚐，心裡也認同老三說的話，孫女這手藝真好！

唐禮義笑咪咪地問：「爹，怎麼樣？瑤瑤做得好吃吧。」

老爺子自詡好面子，即便現在只想吃飯不想說話，礙於面子也只能放下手裡的飯，回道：「瑤瑤這手藝，我看和鎮上的酒樓差不多。」

唐禮義笑道：「好吃，那您多吃點，瑤瑤做得多，這菜呀沒準能剩下。」

老爺子點點頭，也沒跟自家兒子客氣。

爺爺留在家裡吃飯，唐文博變得拘謹起來，沒敢多下筷子，唐書瑤心裡好笑，乾脆用公筷給唐文博挾了幾塊排骨，唐文博頓時討好地朝她笑笑。

轉眼就到了秋收的日子，因著老爺子過來提醒，家裡已經商量好收地就雇傭村裡人幫忙。

唐禮義找了二哥，還有村裡比較熟悉的李瑞兩個人過來幫忙，因著他家裡地不多，加上當日結算工錢，兩個人便先直接來他家的地，回頭才好專心做自家的。

唐書瑤早上特意多蒸了些包子，二伯和李瑞叔過來的時候，唐書瑤說：「二伯、李瑞叔，家裡只有包子，這些是特意給你們準備的，也帶回去讓家裡人嚐嚐。」

包子生意漸好的時候，唐書瑤也給爺爺、奶奶，大房和二房送去包子嚐嚐，這次二伯過來做活，家裡因忙著生意不提供午飯，但是包子還是多給了一些。

李瑞叔有些拘謹，他看了一眼唐禮仁，見對方也沈默著，支支吾吾道：「這、這太客氣了，我們、我們都有工錢了，這包子你們還是留著做生意吧。」

唐禮義在一旁勸道：「特意為你們準備的，你們就收下吧！怎麼，難不成還嫌棄我這包子？」

李瑞叔一聽，趕緊解釋。「不不不，你們包子做得這麼好吃，在鎮裡賣得好，哪敢嫌棄？就是、就是有些太多了。」

唐禮仁看著三弟發話了，便接過包子，說道：「辛苦姪女了，這包子我就拿回家給妳二伯母留著吃。」

唐書瑤笑道：「若是二伯母喜歡，改日我再送些。」

唐禮仁忙搖頭拒絕。「那倒不用，包子還是留著做生意。」

唐書瑤笑笑，沒再接話，今日也是二伯過來幫忙收地，她才打算送些包子算做心意，以後也要看兩家的相處情況再說，加上唐書蘭原本跟自己關係也不好，因此二伯說的話唐書瑤也沒再客氣。

而後唐書瑤和爹爹去鎮上賣包子，剛走到準備擺攤的地方，便見到裴嘉哲站在那裡，如今兩人漸漸熟悉，加上裴嘉哲對著爹爹態度恭敬，唐禮義已經不再對裴嘉哲有緊張和排斥的情緒了。

唐書瑤走過去問道：「裴嘉哲，你怎麼在這兒？」

裴嘉哲轉過身來，看到丫頭已經過來了，見著她身後的父親，便向唐禮義施了一個晚輩禮，唐禮義點點頭，將小推車推到位置上，掀開布簾準備賣包子。

買包子的人陸陸續續地過來，唐書瑤怕耽誤生意，看著裴嘉哲說道：「我們往旁邊一點，別耽誤生意。」

兩人向後挪了十來步，裴嘉哲看著眼前的丫頭，心下有些不捨，因著丫頭出的主意，他姨母和家裡都知道近親成婚的危害，若是表妹執意嫁給自己，害自己不能有個健康的子嗣，到時候表妹也會受到牽連，姨母最終決定只能阻止這件事。

裴嘉哲也鬆了一口氣，他總算可以好好地陪外祖母一段時間。看著外祖母依舊能叫出自己的名字、認得出自己，裴嘉哲頗有些心酸感動，內心更是感激丫頭。

如今在外祖母這裡已經待了兩個月的時間，馬上學堂要開學了，他也要繼續讀書，自然不能繼續留在這裡陪著外祖母，也不能見著丫頭了，雖然縣裡和鎮上的距離不是很遠，但他不能時常過來，心裡頗有些不捨。

裴嘉哲說：「過兩日我就要回縣裡了，書瑤若是有什麼事，可以來縣令府找我，我會告訴門房，若是報了妳的名字，他們就會讓妳進去。」

唐書瑤有些驚訝。「你不是在這裡陪著你外祖母嗎？」

「已經在這裡待了兩個月的時間，我還有功課要讀，明年還要下場考試，不能再耽擱時間了。」

唐書瑤點點頭。

原來這位也是要參加科舉考試的呀！想想也對，這個時代的人們最好的出路就是讀書做官，他的身分自然也要考科舉，不過轉念一想，對方臨走之前過來告別，難不成想要自己送行？搞得跟大老闆似的，她可不是員工啊！

唐書瑤試探著問道：「你哪日走？用不用送送你？」

裴嘉哲一臉欣喜。「我後日辰時一刻出發，書瑤會來嗎？」

唐書瑤看著對方的表情，心裡暗自懊悔嘀咕好像猜錯裴嘉哲的意思了，一開始裴嘉哲也沒有讓她送行的打算，自己這個嘴快喲！

只是現在話已說出口，唐書瑤只能硬著頭皮說道：「行，那就到時候過去送你。」

裴嘉哲開心地笑了起來，唐禮義在一旁邊賣包子、邊注意女兒這邊的情況，見裴嘉哲笑得跟個二愣子似的，沒好氣道：「瑤瑤快過來幫忙！」

「來嘍。」說完，唐書瑤衝裴嘉哲打了個招呼，轉身回去繼續賣包子了。

唐禮義看著裴嘉哲繼續傻呵呵地盯著自家閨女的背影笑著，心裡暗自琢磨女兒和裴嘉哲的事。他心裡並不看好女兒跟裴嘉哲的事，一來裴嘉哲的身分是縣令公子，就身分差距這一點，縣令夫人也不會同意。

二來他也不想讓自己的寶貝女兒去那大戶人家守規矩，生怕瑤瑤過得苦，即便女兒現在還小，但他這內心也忍不住擔憂。

趁著瑤瑤給客人裝包子的時候，唐禮義問道：「剛剛裴嘉哲跟妳說了什麼？」

唐書瑤頭也沒抬地回道：「他過來告別，說後日就要回縣裡去了。」

這小子總算走了……這不對啊，既然走了還特意道別？這臭小子沒個好心思，還在那笑得像個二愣子似的，這絕不會是簡單來告別的。

唐禮義轉念一想，嘴上試探著問：「他還跟妳說什麼了？」

「就是他離開那日，我得過去送送他。」

唐禮義攥緊了拳頭，眼神不善地盯著裴嘉哲。

這臭小子走就走了，居然還要自家閨女去送？果然是沒安好心！

裴嘉哲注意到唐禮義的眼神，有些茫然地摸了摸自己的臉，又向著唐禮義行了一個晚輩禮，便轉身離開，心裡總有種不好的預感，裴嘉哲甩了甩腦袋，將這種想法拋在腦後。

阿榮見到自家少爺搖了搖頭，有些不明所以，撓了撓腦袋，問道：「少爺，您怎麼了？」

裴嘉哲回頭就見到阿榮一臉茫然地看著自己，裴嘉哲想他自己也不知道怎麼了。

「沒事，走吧。」

阿榮點點頭，沒再繼續追問。自從來到府裡，管家便教導他們要聽主人家的話，少說多做，這樣才不會說錯話，引得主人家生氣。阿榮一直記著管家的話，來到少爺身邊以後，也是儘量少說話、多辦事，果然這個方法是對的，現在少爺出門也帶著自己，阿榮走神地想著。

裴嘉哲走著走著，隱隱感覺不對，扭頭便看見阿榮還在後邊站著不動，心裡嘆氣：也就是自己是個好主人，否則哪家的少爺會像他這般心地善良，留一個悶葫蘆在身邊做事。

裴嘉哲喊道：「阿榮，趕緊走了，傻站著幹麼呢。」

阿榮聽到少爺的聲音，趕緊跑過去，撓了撓頭，不好意思地對著少爺笑了笑。

裴嘉哲心裡又一次感嘆，阿榮不僅是個悶葫蘆，還是個靦覥性子，這笑容傻乎乎的讓他都不好意思訓斥他兩句了。

兩人一路無話回到了外祖母府裡。

裴嘉哲剛走進府裡，便見到表妹一臉哀怨地盯著自己，裴嘉哲感覺自己頭都大了。

裴嘉哲假裝沒看見表妹，徑直向裡走去，剛走沒兩步，楊若靈直接跑到他面前。

「表哥，你都要走了，也不跟我說一聲嗎？」

裴嘉哲扯了扯嘴角的笑容，無奈地說道：「我打算明日在外祖母那裡說，並不是不告而別。」

「那你最近為什麼總躲著我？」

「我這是有正經事要辦。」

楊若靈一聽，頓時笑起來。「我還以為表哥厭惡我，才要躲我呢。」

裴嘉哲一看表妹的表情，暗叫糟糕，乾脆冷下了臉說道：「表妹，我並非厭惡妳，但我也不喜跟妳這般相處，我言盡於此，望表妹能早日醒悟過來。」

說完裴嘉哲頭也不回地大步向前走去，而楊若靈則呆滯在原地，久久沒有反應過來。

她以為只要表哥不說，她就有機會，即便、即便她不能為表哥生下健康的孩子，她可以、她允許，她接受表哥將來有小妾，可是沒想到，表哥終究打破了她心中的夢。

第十二章

宛兒見著表少爺已經離開，而自家小姐竟然沒有追上前，心裡猶豫該不該過去伺候主子，眼見著自家小姐一動也不動，宛兒猶豫再三，最終還是小跑到小姐身邊。

「小姐？表少爺已經走了，我們不過去嗎？」宛兒問道。

楊若靈回過神來，狠狠地朝宛兒甩了一巴掌。「妳過來幹麼！是在看我的笑話嗎？妳個賤婢！誰給妳的膽子？」

說著楊若靈似嫌一巴掌不夠，又狠狠地甩了一巴掌。

宛兒被自家小姐突如其來的巴掌打傻了，反應過來趕緊跪地磕頭求饒。「小姐，奴婢知錯了，奴婢沒有看您的笑話，奴婢只是、只是、只是……」宛兒心裡害怕極了，可是卻不知道該如何解釋，越是著急，越是害怕，只能不停地啜泣著求饒。

楊若靈狠戾地問道：「只是什麼？說啊？怎麼不說了？」她看著跪在地上的丫鬟，只覺得對方的模樣不夠慘，不足以消除她內心深處的怨恨，又上前踹了一腳。

宛兒猛地被踹倒，一時間身子有些發抖，趕緊爬起來跪在小姐身邊，抱住她的腿繼續求饒道：「小姐，奴婢只是擔心您，才擅自過來的。小姐，奴婢真的知錯了，求求您，原諒奴婢吧。」

楊若靈低頭看著自己的大丫鬟可憐兮兮、水靈靈的模樣，心裡沒有解恨，反而想要劃傷她的臉，這婢女被自己搧了巴掌，居然連哭泣的模樣都是這般楚楚可憐，真是一副下賤的勾人模樣。

想到這裡，楊若靈眼裡閃過一絲冷色，宛兒見著自家小姐的眼神，身子不自覺地向後縮了縮。

楊若靈看著婢女的動作，心裡頓時生出一個主意，她勾起婢女的臉，仔細地打量著婢女的模樣，想到表哥身邊常年跟著那個書僮，嘴角勾起一個弧度。

宛兒被自家小姐看得越發害怕，眼淚更是不停地流著，被眼淚洗過的眼珠變得越發澄澈，顯得更加楚楚動人。楊若靈雖滿意婢女的長相，可是見她這般勾人的模樣，眼神不禁暗了暗。

聽到有腳步聲傳來，楊若靈甩開婢女的臉，冷著臉說道：「妳今日犯錯，本小姐大度，不再追究妳的責任，妳且起來吧，日後莫要再犯。」

宛兒聽著自家小姐的話，趕緊止住眼淚。「謝小姐，奴婢一定不會再犯錯。」說完宛兒起了身，小心翼翼地瞄了一眼自家小姐的臉色，見對方面無表情，心裡頓時有些局促。

楊若靈見走過來的人是院子裡的護衛，餘光瞥到護衛一臉贊同的模樣，便知道護衛已經被自己糊弄過去了，心裡暗自責怪自己剛剛有些莽撞，沒有顧慮到場合就發脾氣，幸好沒有被人發現，不然表哥怕是要誤會自己。

護衛走後，楊若靈冷下了臉，眼神不善地盯著婢女的臉。宛兒被自家小姐惱怒的眼神嚇到，噤若寒蟬，連忙垂下頭。

楊若靈不想被人看見自己現在的模樣，便帶著婢女回了自己的院子。

剛進自己的屋子，便見到阿娘在屋裡面坐著，楊若靈邁進屋裡的步子頓住。

林氏聽見聲音，抬起頭便見著女兒在門口不進來，問：「怎麼？做什麼虧心事了？」

楊若靈緩了一下情緒，眼睛轉了轉，慢悠悠地走進屋裡，笑呵呵地說道：「哪有，您女兒這麼乖巧，怎麼會做錯事？」

林氏點了點楊若靈的頭。「妳啊，就是心思重了些，早些年娘也是看好妳表哥，只是沒想到這近親成婚，會有這樣的危害，現如今娘知道了，自然是要阻止妳，妳也別怪為娘，娘也是為了妳好。」

楊若靈垂著眸子，眼裡劃過一絲諷刺，心裡嘲諷道：說什麼為我好？還不是怕自己沒了表哥這樁好婚事，便想趁早找下一家。

楊若靈揚起笑容，朝著林氏撒嬌道：「娘，您對我最好啦，我哪敢怪您啊？」

林氏看著女兒充滿笑容的臉，也放下心來，她總是擔心自家女兒想出什麼主意，到時候壞了自己和妹妹之間的情誼。

如今能有這樣的好日子，也是多虧了妹妹能夠嫁給縣令做縣令夫人。但有時候想想，說不嫉妒那是假的，自己只能招贅，每日忙忙碌碌，而妹妹卻可以嫁人享福。唉！誰讓自己的娘只生了兩個女兒呢？

好在妹夫是個有本事的，做了縣令，自己的日子也過得舒坦極了，現在就是有些擔心女兒她會做出什麼不可挽回的錯事，不過看今日女兒的表現，似是想通一切了，她這心也跟著放下來。

同女兒說了一會兒話，林氏帶著下人離開了。

林氏走後，楊若靈臉上的笑容頓時沒了，整個屋裡變得靜悄悄的，楊若靈走到院子裡，招了一下手，宛兒便走過來。

楊若靈吩咐。「妳去跟在那個叫阿榮的書僮身邊，跟他套套近乎，問問他最近表哥出去都做什麼了。」

宛兒咬了咬唇，遲疑了一瞬。

楊若靈冷聲道：「怎麼？我說的話妳可以當耳邊風了嗎？不要忘了，妳的賣身契是在我手裡，若是不聽話，自有那調教聽話的地方去。」

宛兒登時就跪下，趕緊回道：「是，奴婢這就去。」宛兒聽懂了小姐的意思，若是自己不聽話，小姐就要將自己送到青樓裡。這一刻的她，只知道要服從小姐的安排，再不敢心中存疑。

宛兒向表少爺的院子走去，心裡暗暗琢磨著該如何完成小姐交代的任務，她這心裡七上八下的，一會兒想到完成不了任務被小姐發賣出去，一會兒又想到任務完成得不好，小姐又會狠狠地甩自己幾巴掌，想到這裡，宛兒不禁摸了摸自己的臉。

「宛兒姊姊？妳在這裡幹麼呢？」阿榮一臉疑惑道。

宛兒想事情想得有些入神，這問話讓她瞬間回神。「啊……奴婢、奴婢是過來找你的。」

「我？找阿榮幹麼？」阿榮撓了撓腦袋，繼續追問道。

宛兒咬了咬牙，思索了半晌，說：「最近你和表少爺常常出門，你們去哪裡了？」

阿榮一聽，趕緊搖頭拒絕。「不不不，不能說，這是少爺的事，阿榮不能說。」

宛兒看著阿榮拒絕，頓時急了，眼眶微微泛紅，害怕自己被發賣出去。

阿榮沒想到對方要哭了，著急道：「妳別哭啊！阿榮最怕女孩子哭了，妳為什麼哭啊？」

宛兒輕聲抽泣道：「阿榮就告訴奴婢表少爺去哪裡了啊。」

阿榮堅定地搖頭。「不行！管家說過，主人家的事不可外傳，要是被發現嘴碎的人，就會被攆出去，這件事阿榮不能說。」

宛兒一聽，心裡頓生絕望，臉色也變得更加蒼白，身體有些搖搖欲墜。

裴嘉哲從院子裡走出來，便見到自家書僮和表妹的大丫鬟拉拉扯扯，不由得皺了一下眉頭，心裡有些煩悶。難道表妹這是還不死心嗎？

「你們在幹麼？」

阿榮和宛兒轉過身來，就看見站在門口的少爺，阿榮趕緊跑到裴嘉哲身邊，恭敬地回道：「剛剛宛兒姊姊過來向阿榮打聽您這幾天的蹤跡，阿榮不敢說，宛兒姊姊她……

沒想到她就哭了。」

宛兒一聽阿榮的話，心裡的害怕更是止不住，趕緊跪下來磕頭。

裴嘉哲盯著地上磕頭的宛兒，半晌道：「先別磕頭了，起來說說怎麼回事。」

宛兒沒敢抬起頭，更不知道自己該說什麼，只覺得進退無路，眼前一片漆黑。

裴嘉哲見著宛兒不起來也不說話，心裡也越發煩躁，冷聲道：「怎麼？非要妳主人才能撬開妳的嘴嗎？」

宛兒縮了縮身子，漸漸直起身子。「奴婢、奴婢是想過來問問表少爺您最近出去做什麼了？」

「呵，妳一個丫鬟想打聽表少爺的蹤跡，誰給妳的膽子？還不說實話嗎？」

宛兒倔強地看著表少爺，她以前跟姊妹們開玩笑時，有人曾告訴過她，只要她雙眼期待地盯著一個男人，那男人保不齊就會想娶了她，她不敢奢求太多，只想表少爺憐惜她一次，放過她這回吧。

裴嘉哲見著宛兒依舊不回話，嗤笑道：「擺這副表情給誰看呢？真當爺是那種憐香惜玉的人嗎？妳若是再不說，本少爺便去姨母那裡走一趟，看看姨母會不會讓打探主人家行蹤的丫鬟留在府裡。」

宛兒臉色變得更加蒼白，跪著向前膝行幾步，央求道：「表少爺，求求您，不要將奴婢送到夫人那裡，求求您了！」

裴嘉哲退開一步，避開了宛兒冷哼道：「我沒空閒在這兒聽妳求饒，說吧，為什麼要打聽我的行蹤。」

宛兒無法，艱難地說道：「奴婢、奴婢仰慕表少爺，一時動了歪心思，這才想要過來打聽。懇求表少爺向小姐要了奴婢吧，求求表少爺了！」說完宛兒磕著頭，她無法說出是小姐指使她過來的，若是說了只怕會破壞小姐的清白，她心裡也在期盼著，期望表少爺能帶她脫離苦海。

裴嘉哲嗤笑一聲，沒想到這個丫鬟膽子竟然這麼大，還不說實話。他已經受夠了表妹的糾纏，本來自己都要回去了，也希望這次可以安安靜靜地回去，沒想到臨走前還要碰上這樣的糟心事。

裴嘉哲轉身向姨母的院子走去，阿榮緊緊地跟在自家少爺的身後。

林氏準備看看自家阿娘的情況，走在半路上便瞧見不遠處大步走來的姪子，林氏笑道：「瞧瞧這路走的，都快飛起來了，嘉哲這個莽撞的性子，倒是一點沒變。」

裴嘉哲剛走近姨母，便聽到姨母的玩笑話，裴嘉哲緩了一下自己的情緒。「姨母，這是要去哪兒？」

「去看看你外祖母，嘉哲要是沒事，陪姨母一道過去看看？」

「姨母，我看現在還是不要去外祖母那裡了吧。」

林氏一聽姪子的話，心裡咯噔一下，一種不好的預感油然而生。「嘉哲是要跟姨母說什麼嗎？」

裴嘉哲掃了一眼周圍的丫鬟，林氏看著姪子的眼神，揮了揮手，周圍的丫鬟便退下，裴嘉哲也讓阿榮退到一邊去。

此時只有兩個人，裴嘉哲說：「姨母，我後日一早就要回縣裡，外祖母還望姨母多多費心照顧。」

「你這孩子。」林氏笑笑。「姨母自然要好好照顧你外祖母，縣城這般近，又不是很遠，想過來到時候坐馬車再來看看。」

裴嘉哲嘴角扯了一個笑容。「前些日子，給姨母看的那些人家，昨日聽說那男人扛不住外面的流言，帶著家裡的錢跑到外面去了。」

林氏臉上的笑容登時沒了，提著的心在這一刻也鬆懈下來，怕姪子說出什麼難聽的話，林氏趕緊說道：「若靈她也漸漸大了，姨母準備讓她學學管家，以前她不懂事，給嘉哲添了不少麻煩吧？」

裴嘉哲笑笑沒有接話，林氏又接著說道：「現在家裡就她一個女孩，姨母以前啊，就希望她可以不要像自己這樣招贅，希望她可以嫁個好人家，如今姨母想通了，這家裡就她一個女孩子，這麼大的產業不交給她，難道要交給外人嗎？這次姨母要好好改改她的性子，讓她繼承家業。」

林氏看著姪子的臉，她本來的確想讓女兒嫁給姪子，這樣家裡的產業作為嫁妝給了姪子，也不算外人。如今姪子不願意，加上又出了那件事，她這個心思也徹底息了，只好讓女兒走自己的老路，當家做主招上門女婿。

裴嘉哲聽到姨母的話，心裡明白姨母是在告訴自己，表妹不會再有可能嫁給自己，得了姨母的保證，裴嘉哲算是放下心來。

剛剛的那個婢女畢竟是表妹的大丫鬟，這件事姨母既然說得這樣明白，他也不好再提婢女的事，畢竟是自己的親人。裴嘉哲不想彼此太難看，能得到這樣的承諾已是最好的結果。

另一邊，宛兒看著遠去的表少爺，心裡只剩下絕望，一步一步艱難地走回院子，剛抬頭就見到小姐站在一邊望著天，她心裡一緊，只能深深吸了一口氣，走到小姐身邊。

楊若靈轉身看見婢女的表情，心道對方多半是搞砸了，冷聲道：「問出來了嗎？」

宛兒搖頭，一時不知道該怎麼說，不僅沒有問出來，還被表少爺發現了。

楊若靈看著婢女半天不吱聲，只知道搖頭，心裡頓時來氣，揚手給了婢女一巴掌，宛兒馬上跪下來向小姐求饒。

院子裡的其他丫鬟一驚，看到剛剛小姐甩的那一巴掌，不禁倒抽一口氣，眼神害怕地瞄了眼小姐，紛紛停下手裡的動作，一時之間院子裡靜悄悄的。

「妳是啞巴嗎？說話都不會嗎？」楊若靈冷冷地盯著地上的婢女問道。

「奴婢去找了阿榮，阿榮說他不會告訴奴婢，然後，然後……」

第十三章

楊若靈看著婢女回個話這麼慢吞吞的，踹了一腳婢女，厲聲道：「然後什麼？說話吞吞吐吐，妳要是不想要那張嘴，就讓人給妳挖了！」

宛兒緊張地回道：「然後表少爺就來了，阿榮就向表少爺說奴婢問他的話，表少爺問奴婢為何這樣做，奴婢沒敢說，表少爺他就去找夫人了！」

「什麼！表哥去找阿娘？」

楊若靈一把推開婢女，向娘親的院子跑去，氣喘吁吁地跑過來，抬頭便見到娘和表哥在說什麼，看著表哥嚴肅的神情，楊若靈心一緊，大聲喊道：「娘，表哥！」

林氏回頭見著女兒這般沒有形象地跑過來，臉色頓時變得有些難看。

楊若靈瞅著娘的臉色難看，心裡咯噔一下，趕緊小跑過去。

林氏呵斥。「女孩子家家像什麼樣子！妳跑這麼快過來幹麼？」

楊若靈一聽娘的話，便知道剛才自己誤會了，覷了一眼表哥的臉色，見對方沒有看自己，心頭泛起酸澀，按下心裡的難受，笑道：「娘，您和表哥說什麼呢？」

「妳表哥過來跟我說後日離開的事，妳表哥都要走了，妳可不許再惹表哥生氣。」林氏警告道。

楊若靈嘟著嘴抱怨道：「怎麼會？表哥他這麼忙，我都見不著他，哪有機會惹他生氣？」

裴嘉哲看著姨母和表妹一唱一和，也接不上話，便跟姨母告辭，林氏點點頭。

看著姪子走遠，林氏扭頭盯著女兒，問道：「究竟怎麼回事？妳和嘉哲怎麼了？」

楊若靈還在看表哥的背影，被娘的詢問聲打斷，不滿地說道：「沒怎麼回事，能有什麼事嘛！」

林氏盯著女兒的臉幾息的時間，最後嘆道：「我就只有妳小姨一個妹妹，如今妳雖不能嫁給嘉哲，娘也希望你們可以好好相處，嘉哲那孩子孝順，還上進，以後勢必像他爹一樣科舉做官，妳也能有一個靠山。」

楊若靈垂下眼眸，默不作聲，知道娘不會再同意自己嫁給表哥的事情，也沒有出聲反駁。

早晨吹著陣陣微風，行走在外的人也變得精神起來，楊若靈特意起了大早，梳妝打扮後來送表哥。

楊若靈看著表哥不停地向外望著，似是在等什麼人，她的心感覺很不舒服。

表哥何時這麼在意過其他人了？楊若靈走近表哥，柔聲問道：「表哥，你是在等人嗎？」

裴嘉哲瞥了一眼表妹，回道：「嗯，有朋友會過來為我送行。」

「朋友？什麼時候的朋友？」

「妳打聽那麼多幹麼？」

楊若靈臉上的笑意一僵。

「表哥你身分不一樣，表妹只是擔心表哥被人騙了，所以才多嘴一問，若是表哥不喜，那表妹不問便是。」

裴嘉哲扭頭看著表妹，認真道：「是不喜。」

楊若靈再也維持不住臉上的笑容，氣呼呼地扭過身子。從小到大就聽聞表哥這個人有些毒舌，只是從未見過，沒想到有朝一日自己會體驗一次，這心裡的滋味著實有些不好受。

楊若靈沒能等來表哥的安慰道歉，眼睜睜地看著表哥前去迎接那個女子。

此時唐書瑤帶著唐文博來到了楊府門外，見著裴嘉哲從府裡走出來。

裴嘉哲一臉笑意地說道：「還以為書瑤忘了約定呢。」

唐書瑤暗暗地翻了一個白眼，哼道：「我是那種人嗎？」

「哈哈，跟書瑤開個玩笑。」

真是幼稚！唐書瑤心裡暗嘆，提了提用布包好的包子遞給裴嘉哲。「你知道我們家沒什麼好東西送你，就帶了些包子過來。」

裴嘉哲一臉笑意地接過來。「書瑤有心了，不過這包子做得著實美味，我在縣城也沒吃過比這還要好吃的包子，書瑤考慮考慮來縣城做這生意？」

唐書瑤拒絕。「目前還沒有這個打算，以後會有機會的，到時候去了你的地盤，你這個縣令公子可得罩著我啊。」

「書瑤只管放心，到時候來了請妳吃大餐。」說完裴嘉哲不捨地看著唐書瑤。

唐書瑤感覺裴嘉哲的眼神有些怪怪的，就在此時，一道聲音從裴嘉哲身後傳來。

「表哥，這位就是你的朋友嗎？」

裴嘉哲側過身子，唐書瑤頓時看清了剛剛說話的人，只見她的臉微圓，本該可愛天真的臉龐，卻帶著惡意打量著自己。

裴嘉哲皺著眉頭不悅地看了一眼表妹，扭頭跟唐書瑤解釋。「這是我表妹楊若靈。」

唐書瑤點點頭，心道這就是對方上次提的爛桃花啊？見她盯著自己的眼神，便知道對方恐怕還沒有放棄，這是將自己當作情敵了？真倒楣！

裴嘉哲語氣不好地對表妹說道：「時辰不早了，妳回去吧，替我向外祖母和姨母說一聲。」

楊若靈本來嫉妒地打量著那女子，忽然聽到表哥說要走了，連忙說道：「表哥不等我娘出來嗎？」

「現在該走了，妳回去吧。」

楊若靈咬了咬唇，不甘地瞥了眼唐書瑤，便轉身離開。

裴嘉哲低頭看著唐書瑤，叮囑道：「來縣城記得找我。」

「放心吧，忘了啥也不會忘了你的。」唐書瑤隨口答道。

聽見她的話，裴嘉哲的臉上又重新露出了笑容，轉身上了馬車。

姊弟倆看著走遠的馬車，唐文博說：「姊，裴大哥那個表妹，一看就不是好人，難怪裴大哥討厭她。」

唐書瑤看著唐文博板著臉，皺著眉頭，一本正經說話的模樣，沒控制住自己的魔爪，使勁揉了揉他的臉。

「姊，不要……揉……我……臉啊～～」唐文博口齒不清地抗議。

唐書瑤哈哈大笑，她發現自己最近比較喜歡欺負小弟，果然前世的人常說，小時候不欺負弟弟，長大可就沒機會了。

唐文博沒好氣地哼道：「真是的，姊，妳要注意儀表啊！」

「喲！你跟誰學的儀表這個詞？」

唐文博頭一扭，雙臂交叉抱胸，哼道：「就不說！」

「呿！不就是跟大哥嗎？」

唐文博一臉驚訝地扭頭看著她。「姊，妳怎麼知道？」

唐書瑤湊近唐文博。「你想知道？」

唐文博毫不猶豫地點點頭，一臉好奇地看著自己。

「就不告訴你哦！」

「妳！哼，壞人！」說完唐文博跑開了。

唐書瑤不厚道地笑起來，笑完趕緊追上唐文博，兩人回到自家賣包子的地方幫忙，此時街上的人漸漸增多，唐書瑤他們的生意也正是忙碌的時候。

另一邊，宛兒按著小姐的吩咐，一路小心地跟著唐書瑤姊弟倆，看著他們在那邊賣包子，便回府裡準備向小姐匯報情況。

地裡收完的麥子已經晾曬了幾日，將麥子裝入麻袋裡後，唐書瑤他們忙著將這些麻袋搬到了廚房。

秋收已經結束，眼見著學堂又要開學，這日晚上，一家人坐在一起吃晚飯的時候，唐書瑤說道：「爹，娘，不如我們送大哥去學堂吧！」

唐書瑤話音一落，其他人紛紛看向她，唐文昊沒想到小妹會突然提出送自己去唸書的想法，他張了張嘴，遲疑了一瞬，最後說道：「我現在可以靠抄書賺錢，若是去學堂，豈不是又要支出一筆錢？這件事多謝小妹，不過我看還是算了吧。」

唐書瑤不贊同道：「大哥你這般努力，定會考取功名，若是考上秀才，咱家的地也不用再繳稅，還能光宗耀祖，多好的事啊！」

唐書瑤轉頭看著爹娘繼續勸道：「爹、娘，你們也知道大哥他本來就有天賦，何不讓他試試？現在這包子生意賺的錢也足夠大哥繼續讀書，若是大哥能考上秀才，那咱們家豈不是可以改換門庭？」

唐書瑤看著爹娘沈默，眼睛一轉，伸出手挽上馬氏的胳膊，撒嬌道：「娘，要是大哥考上秀才，您以後出門就是秀才娘了，這多好聽啊娘～～」

馬氏看著女兒的臉，嘆氣道：「說實話，娘沒什麼大夢想，娘就是希望你們吃得好、住得好，如今家裡這生意越來越好，娘這心日日都是歡喜的，但瑤兒說得對，若是妳哥能考上秀才，瑤兒也能嫁個好人家。」

唐禮義聽到馬氏的最後一句話，轉念想到縣令公子的身分，又想女兒跟他處得不錯，若是大兒子真能考上秀才，瑤兒跟那縣令公子也是有可能的。

想到這裡唐禮義說道：「那就去讀書。」

聽到爹爹的肯定，唐書瑤眼睛彎彎地笑起來。

此時唐文昊一臉驚訝地看著爹。

「爹，您……」

唐禮義看著大兒子驚訝的神情，嚴肅道：「家裡什麼情況我不說，想必你也清楚，唸書一事既然決定讓你去，你就得讀出個樣子來，讓你弟弟、妹妹也能沾著你的光。」

唐文昊收斂了臉上的表情，認真應道：「爹，您放心，我一定不會辜負您的期望。」

在這一刻的唐文昊，心裡對於妹妹的感激之情特別濃厚，他這一輩子，亦不會忘記改變他命運的這一刻。

唐禮義看著自家兒子一本正經地回應，抽了抽嘴角。

還是瑤兒想得對，大兒子這個氣質確實不像去地裡種地的。

家裡人都同意了唐文昊繼續唸書，唐書瑤看著爹爹問道：「爹，鎮上有幾家學堂？」

唐禮義皺著眉頭。這事他也不知道啊……

唐文昊說道：「鎮上只有一個老童生教習認字，沒有其他學堂。」

「那縣裡有嗎？」唐書瑤追問道。

唐文昊回道：「縣裡有三家，一個是周舉人開的學堂，另外兩位是秀才開的學堂。」

「那大哥去周舉人那裡吧！不知道他那裡怎麼收學生。」唐書瑤一聽，便想讓自家大哥去最好的學堂。

唐禮義想了想，說道：「我明日去縣裡打聽打聽，看看情況，若是能去舉人那裡，最好還是去舉人那裡學習。」

聽著爹爹的話，唐書瑤一拍腦門，瞥到家裡人奇怪的眼神盯著自己，她尷尬地解釋道：「裴嘉哲就在縣裡讀書，早知道我問問他好了。」

馬氏說：「既然這樣，明日妳和妳爹一起去縣裡問問，看看縣令公子在哪裡讀書，打聽好了，也讓妳哥能早點入學。」

唐書瑤點頭，想著自己剛送別，還沒多久就去找他問事，總覺得有些尷尬。不過一切都是為了自家大哥，她很快就將這件事拋在了腦後。

晚上梳洗之後，唐書瑤躺在床上，想著明日去縣裡的事情，不知不覺間進入了夢鄉。

翌日一早，唐書瑤和唐禮義早早地起來吃過包子，便向縣城出發，桃花村向東走一個多時辰便是臨溪縣，而向西走半個多時辰則是景陽鎮。

此時父女倆走在路上，路過的村民紛紛向他們打招呼，自從唐禮義一家做起了包子生意，村裡的風聲不僅變得好了，人緣也變得好了。

甭管是想巴結自家，還是想打聽包子生意，總歸現在家裡在村裡的口碑是越來越好。

唐書瑤笑咪咪地跟長輩們打招呼，心裡欣慰地想著。

村裡只有李根叔家裡有牛車，現在秋收結束，李根叔也繼續開始載人去鎮上的活計，唐禮義父女倆只能走路去縣裡。

看著爹爹有些疲憊的臉，唐書瑤想著空間裡這些日子娘給她的「嫁妝」錢，準備回來的時候買輛馬車。

牛雖然可以耕地，但是朝廷也管制得嚴，若是正常老去的牛沒有事，倘若牛出了什麼問題，朝廷便會治罪。

唐書瑤嫌棄這點麻煩，便沒有考慮買牛，而驢車雖然也可以坐人，但總歸沒有馬車快，也沒有馬車穩。

唐禮義和唐書瑤來到縣裡的時候，此時縣城裡正是熱鬧的時候，因著第一次來縣城，唐書瑤發現這縣城裡確實比鎮上繁華了些，道路兩旁擺攤的小販也多，各種叫賣聲、討價還價聲不絕於耳。

見到有賣包子的地方，唐書瑤特意上前詢問，原來縣裡的包子是兩文錢一個肉包子，一文錢一個素包子，包子的大小倒是一樣的，就是價格比鎮上貴了些，不過也沒有自家的貴。

向旁邊的路人打聽到縣令府的位置，唐禮義和唐書瑤便走去，向門房報了自己的名字，那門房就立刻請唐禮義父女倆進去。唐書瑤沒想到裴嘉哲這麼靠譜，果真和門房說了自己的名字。

兩人剛來到堂屋坐下，就見到裴嘉哲一路飛奔過來，裴嘉哲有些意外唐書瑤會這麼早就來看自己，心裡美滋滋地沒想太多就趕緊過來，剛邁進屋子就看到伯父也在這裡，連忙恭敬道：「唐伯父、書瑤你們來了。」

「嗯。」唐禮義回道。

唐書瑤看著自家爹爹不知為何擺起了臉色，只能起身笑道：「今日有事過來找你，沒有打擾到你吧？」

裴嘉哲忙擺手。

「今日我也無事，不知唐伯父和書瑤是有什麼事？」

唐書瑤看著自家爹爹沒有說話，趕緊接道：「是想問你學堂的事。」

裴嘉哲一臉疑惑。「學堂？」

唐書瑤點點頭。「這次我大哥也要入學堂唸書，鎮上沒有學堂，只能到縣裡來，想到你說過這次回來便是回學堂唸書，就想跟你打聽打聽哪家學堂好，招收弟子的規定又是什麼？」

裴嘉哲恍然大悟，隨即解釋起來。「這縣裡有三家學堂想必唐伯父已經知道，那在下就獻醜，詳細解說一番。」

第十四章

唐禮義認真看著裴嘉哲，裴嘉哲注意到書瑤父女倆的神色，清了清嗓子，正色說道：「先說說周舉人的學堂，周舉人考中舉人的時候已是不惑之年，加上讀書勞累，考場環境艱難，周舉人便回老家臨溪縣裡教書。周舉人此人比較嚴苛，對待弟子基本上都是一視同仁，考核的情況也是比較嚴，因此周舉人的學堂絕沒有那種搗亂的弟子。」

裴嘉哲喝了一口茶，繼續說道：「另外兩家學堂，一個是徐秀才開的，另一個則是何秀才。先說說這徐秀才，徐秀才今年二十有三，學堂收的多是不識字的小孩，而徐秀才這些年也是堅持去參加考試，心力並不在教書上，若是想要唸書考科舉的話，我是不建議去徐秀才那裡。」

唐書瑤追問道：「那何秀才呢？」

裴嘉哲蹙了一下眉頭，又抬頭認真地看著唐書瑤說道：「何秀才雖是而立之年，但他不準備繼續科舉考試，可惜他那裡什麼人都收，亂得很，風氣也不好，我也不建議去他那裡。」

唐禮義問道：「那照你這麼說，只能去周舉人那兒了？」

「是的伯父，不瞞伯父，在下也是跟著周舉人唸書，若是書瑤大哥想要唸書的話，可以來周舉人這裡，剛好我可以在這裡帶帶他。」

唐禮義意味不明地打量了一眼裴嘉哲，最終還是沒有開口糾正裴嘉哲的稱呼，心裡冷哼：要不是是縣令公子，老子早就想打斷你的腿，還敢叫書瑤這麼親密！

裴嘉哲看著唐伯父的臉色，不禁正了正身形。

唐禮義問：「去周舉人那裡，都要準備什麼？」

「第一次上門，您帶著書瑤大哥去就好，門僮會讓你們到書房裡等著，周舉人會親自過來考核，若是通過了便會交代束脩費用，一年的束脩是六兩銀子，可以先交半年。」

一年要六兩銀子！唐禮義袖子下的手一緊。難怪村裡人從沒有將孩子送去讀書，這束脩費用這麼高，誰家出得起啊？以前沒分家的時候，唐禮義隱約知道家裡一年也就能賺上二兩銀子，雖然不包括他大哥的月錢，但也太貴了吧……家裡究竟能不能負擔得起啊？

唐禮義嘴上沒說，心裡卻開始猶豫起來，看著自家女兒沒什麼反應的臉，唐禮義在心裡嘆氣，真是不知柴米油鹽貴啊！
跟裴嘉哲了解完學堂的情況，唐禮義便提出離開。
走在縣裡的時候，唐書瑤說道：「爹，咱家買輛馬車回去，這樣大哥他唸書方便，咱們自己用著也方便。」
唐禮義扭頭問道：「瑤瑤是累了嗎？」
「爹，您看看您現在的臉色，多難看，這縣城確實比鎮上遠多了，咱們買輛馬車回去，這樣您也可以歇歇。」
唐禮義有些欣慰，果然還是閨女貼心。只是想到買輛馬車著實有些貴，頓時感到肉疼，可是見著女兒期待的臉龐，這拒絕的話又說不出口。
就這樣猶猶豫豫地來到馬行，賣馬車的吳大力眼尖地注意到唐禮義父女倆，笑嘻嘻地上前問道：「二位可是要買馬嗎？」
唐書瑤問道：「你這兒有什麼推薦的？」
吳大力雖然暗自納悶怎麼是這個女娃娃來回自己，不過秉持著能賣出一匹算一匹的心理，賣力說道：「您們來得真巧，這邊新進了一批好馬，剛過了齊口，正是可以拉車的好時候。」

「齊口？」唐書瑤不確定地問道，懷疑自己聽錯了。

吳大力笑著解釋說：「這馬從出生開始，兩歲開始訓練，五歲就是齊口，就是可以正常拉車的時候。」

唐書瑤了然地點點頭，跟著這個人挨個兒看了看，唐書瑤不懂什麼馬好不好，但就覺得那些純棕色的馬最好看，便指著其中一隻最順眼的問道：「這馬怎麼賣？」

吳大力一瞅，哎喲這女娃娃眼光真好，這可是有著汗馬血統的馬呢！

「女娃娃這眼光真高，這匹馬是這所有的馬中品種最好的一匹，牠可是有汗血馬的血統，價格自然也高了點，這樣吧，我見你們面善，我就收十五兩銀子。」

「十五兩？」唐禮義一臉驚訝。

吳大力一看，暗道這生意可能沒了，趕緊勸道：「這可真是最低價了，要不我再送您一個現成的車廂？」

唐書瑤這幾月也攢下了不少錢，加上之前打獵的東西賣了以後，手裡有二十五兩銀子，足夠買下這輛馬車，不過還是跟著講價道：「叔叔，我們也是誠心要買的，您要是再便宜點，我今日就買下了。」

吳大力咬了咬牙，最後肯定道：「最多再給你們讓五百文錢，我這送的車廂可是剛做好沒多久，而且這馬是真的好馬，瞧瞧牠多精神，真的不能再低了，再低就是賠本了。」

唐書瑤一聽忍不住一樂，這最後一句話也讓她想到前世那些商家常說的口頭禪。「這生意都不賺錢！再低可就賠錢了！」

唐禮義心裡還沒琢磨清楚怎麼拒絕女兒的請求，轉眼就見到女兒居然已經付完了錢，唐禮義這到嘴的話也只能默默嚥了，買都買了，他也只能閉嘴。

吳大力教唐禮義父女倆趕馬車，大概半個時辰後，父女都學會了趕馬車，便駕著馬車向家裡趕去，在縣令府上的時候吃了些點心，這會兒也不餓，加上買了馬車速度快了不少，也能回家趕上午飯。

唐禮義父女進到村裡的時候，膽子大的小孩圍著馬車，有路過的大人見到，便問道：「唐老三，這馬車是誰家的？你怎麼趕起馬車了？」

唐禮義笑呵呵地說道：「我家買的。」

那人一臉詫異。「真的？」

「自是真的，哪還有假？」唐禮義好脾氣的回道，見著村裡人羨慕地看著自己，這心裡頭舒坦極了。

自家女兒就是有本事，他現在可是村裡第一個擁有馬車的人，能不自豪嗎？

唐禮義駕著馬車離開後，村裡就傳出唐老三一家買上馬車的事，話裡的語氣不自覺地帶上一絲敬畏。自此，村裡對唐老三一家徹底改觀。

原先見著唐老三被分出去，村人們還暗地裡笑話這唐老三恐怕會找他們借錢，他們啊，要趕緊捂住自己的口袋，要是借出去，指不定就沒有了。

如今他們這笑話打了臉，唐老三一家不僅沒向任何人借錢，反倒是做起了生意，還雇人收地，如今更是厲害了，還買上了馬車，說到唐老三的時候，語氣下意識地也尊重了不少。

唐禮義滿面笑容地駕著馬車進了院子，便見到自家媳婦在院子裡愁眉苦臉，唐禮義問：「怎麼了這是？」

馬氏抬頭見到孩子他爹和寶貝閨女從馬車上下來，起身蹙眉問道：「這馬車哪兒來的？」

唐書瑤剛剛從馬車下來，扭頭回道：「娘，我在縣城裡買的，車廂是送的。」

唐文博一臉新奇地跑上前圍著馬車繞了一圈，手腳麻利地爬上去看了看，唐書瑤看著院子外還在看熱鬧的人，將院子的門關上，注意到娘親的臉色不好，想了想說道：「娘，咱們進屋吧。」

馬氏點點頭，唐禮義將馬車安頓好，也轉身進了堂屋。

唐書瑤擔憂地問道：「娘，您臉色這麼難看，是怎麼了？」

馬氏嘆口氣。「是咱家的生意，今日去鎮上賣包子，賣得不如以前好，還有一個人過來抱怨包子不如街邊那個大。我一聽就感覺不對，之前街邊那家也是跟咱家一樣大小，後來向別人打聽才知道，原來那家賣包子的，現在降價了，一文錢兩個肉包子，素包子是一文錢三個。」

馬氏滿臉憂愁。「之前咱家包子賣得貴，也是因著包子做得好吃，現在鎮上的人基本上吃過了，這解了饞，而那家包子又便宜又大，這不今日一下子少賣了不少。」

唐書瑤聽著娘親的話，雖然她早就料到這個包子生意不會做太久，但也沒想到最後會因為同行惡意競爭而讓自家生意慘澹。

唐書瑤腦子裡想著前世曾經吃過的美食，下意識地嚥了嚥口水，或許是時候做出其他美食了，一開始她想著前世那些美食太過驚豔，自己突然就會做了，多少會讓其他人感到奇怪，如今這幾個月唐書瑤經常下廚，簡簡單單的家常菜她也能做得很美味，此時做出一個新鮮玩意兒，想必家人也不會太驚訝。

想到這裡唐書瑤安慰道：「娘，既然鎮上那家賣包子的低價賣，他也是賠本買賣，賺不了錢不說，還得搭上一些，咱們這幾日少賣些包子，就當休息了。」

唐書瑤心裡雖有其他美食的主意，但也要等到晚上做出來讓大家嚐嚐再提出來，此時只好先安穩娘的心。

唐禮義點點頭。「瑤瑤說得對，咱就享享福，休息幾日，我看鎮上那家撐不了幾日，他要是往後一直不漲價，我這名就倒過來唸！」

馬氏噗哧一笑。「閨女可在這裡聽著呢！一粒糖？別說還挺好聽！」

唐書瑤抿了抿嘴，努力壓下想要翹起的嘴角。唐禮義瞪了一眼馬氏，看著閨女憋笑的臉，無奈道：「想笑就笑吧，憋得小臉通紅，妳娘她啊，真是……」

「你倒是說說，我怎麼了？」馬氏揚聲道。

唐禮義看著馬氏變了臉色，神色頓時蔫了下去。「妳厲害！妳說得都對！」

馬氏一揚頭，朝著閨女挑了一下眉，又笑起來。

唐書瑤看著自家爹娘，搖了搖頭，心底嘆道：果然是一物降一物啊！

唐書瑤不想留著看爹娘鬥嘴，轉身出了屋子，向唐文昊的屋子走去，在窗子外見大哥在抄書，腦袋湊近看了看。

唐文昊看著小妹湊過來的腦袋，停下筆輕輕推開她，柔聲道：「今日去縣裡累不累？」

唐書瑤笑嘻嘻地說道：「大哥，看你這麼專注，沒注意咱家院子多了一樣東西嗎？」

唐文昊一臉驚訝，隨即望向院子裡，一眼便注意到多了一輛馬車，而唐文博還在馬旁邊玩耍，指了指馬問道：「這？馬車？」

「嗯，大哥才注意到嗎？」

「是大哥失誤，是在縣裡買的嗎？」唐文昊追問道。

「叮咚！答對了，可惜沒有獎勵哦！」

唐文昊無奈地笑笑。「妳啊！」看著小妹調皮的笑臉，唐文昊心裡有種想要一直護著她的感覺。若是叫唐書瑤知道，她會說大哥這是要往寵妹狂魔的路上發展的跡象。

唐書瑤向他說今日的結果。「大哥，今日跟裴嘉哲打聽，他也建議咱們直接去周舉人那兒，徐秀才那裡只招收識字階段的人，而且徐秀才還要準備科考，另外那個何秀才的學堂風氣太亂，什麼人都招，所以大哥明日跟咱爹直接去周舉人那裡。大哥，你這麼努力，我相信周舉人肯定會收你的。」

「那就承小妹吉言。」兄妹倆相視一笑。

唐書瑤準備做的小吃便是串串香，下午的時候使喚唐文博去後山砍了一些竹子回來，唐禮義按著唐書瑤說的，用刀削了一些細細的竹籤。

此時廚房裡冒出陣陣香氣，隔壁的李嬸大聲問道：「文昊娘，妳家做啥吃的呢？」

馬氏不悅道：「我們家做的生意，這能跟妳說嗎？」

李嬸不屑地撇了撇嘴，她旁邊的小孫子哭鬧著嚷嚷。「奶奶，我要吃！我要吃！我要吃！」

李嬸捨不得打孫子，陰陽怪氣道：「呿！這做生意，怎麼還這麼摳呢？孩子嚷嚷著想吃，文昊娘給孩子嚐嚐不行啊？」

馬氏臉一黑，大聲罵道：「我看妳腦子讓驢踢了！這可是要賣錢的，我看妳臉挺大，嘴一張，就想嚐嚐，妳怎麼不去酒樓說要嚐嚐呢？」

李嬸沒想到馬氏這麼直接說她，旁邊還有兒媳婦看著，這臉頓時脹得通紅，梗著脖子嘴硬道：「不給就不給唄！小氣鬼！」

說完李嬸轉身大步回了屋子，馬氏瞥到他們家的兒媳婦，掰扯道：「瞅瞅妳家婆婆，臉大得沒邊！自己沒理還跟我嘴硬！」

小劉氏訕訕地賠笑，趕緊哄著兒子離開。

第十五章

廚房裡，唐書瑤已經熬好了湯底，正準備用竹籤串起肉片，唐文博眨了眨眼，看著鍋裡紅通通的湯，指著它問道：「姊，妳這個湯怎麼這麼香！晚上是泡飯吃嗎？」

「啊？泡飯？」唐書瑤手上忙著活計，聽到這話有點迷糊。

唐文博嘆了口氣，搖了搖頭。「姊，就是將這湯倒在飯裡啊，這麼簡單還不明白，唉！妳可真是！」

唐書瑤餘光瞅到唐文博無語的表情，抬手敲了敲他的腦袋。「一點也沒眼色，不知道你姊我正忙著嗎？沒反應過來不是很正常？你那是什麼表情？」

唐文博哀怨地捂著腦袋。他姊怎麼總喜歡打他的腦袋？轉瞬間鍋裡冒出的香氣鑽進他的鼻孔，他吸著鼻子，這腦袋也不疼了，湊近腦袋笑嘻嘻地問道：「姊，妳這做的究竟是什麼啊？真是太香了！」說完唐文博一臉陶醉地吸了吸鼻子。

唐書瑤一樂，她發現唐文博臉上的表情太生動了，捏了捏他肉乎乎的臉，說道：「今晚做的這個叫串串香，這湯呢，是用來涮的，晚上吃的時候，你就知道了。」

唐文博驚訝地張開嘴。「串串香？姊，我沒聽過這名字啊。」

「你沒聽過，那是因為你也沒吃過啊，小人兒不大，操心得倒是挺多，過來幫我摘菜，這可都是今晚要吃的。」

「來嘍！」唐文博聽見這些都是今晚要吃的，趕緊上前幫忙，自從姊姊的手藝變好了，為了好吃的，他也願意給姊姊做些活。

姊弟倆在廚房裡面忙活著，唐禮義和馬氏在院子裡搭馬棚，嗅著從廚房裡傳來的香氣，唐禮義的肚子也開始咕嚕叫了起來。

馬氏一臉得意。「我閨女這手藝，隨我！」

唐禮義嗤笑道：「妳怎麼這麼美呢？我們老唐家的人，不隨我，能隨誰？」

「我生的閨女，怎麼就不能隨我了！」說著馬氏眼神不善地盯著唐禮義。

唐禮義扭頭注意到馬氏的眼神，訕訕一笑。「隨妳，都隨妳！」

馬氏的臉轉瞬間換上笑容，得意洋洋地看著唐禮義，現在的日子過得太舒坦，家裡有了錢，兒子即將去唸書，閨女又美又聰明，她這心舒坦極了。

夕陽下，將二人的影子拉得很長。

唐禮義和馬氏剛剛搭完馬棚，就見閨女從廚房裡出來，笑著對他們說道：「爹、娘，吃晚飯啦！」

「欸。」唐禮義和馬氏異口同聲說道。

兩人去洗了洗手，一家人坐在桌前，看著桌上一大盆湯，紅通通地冒著香氣，唐禮義嚥了嚥口水，問道：「瑤瑤這怎麼吃啊？」

因著沒有銅鍋，也沒有辦法現吃現涮，唐書瑤便乾脆將串都煮熟，拿起一串肉，看著爹娘說道：「直接拿起這個串，就可以吃了，爹娘，你們快嚐嚐如何。」

唐禮義點點頭，伸手拿起一個肉串，其他人看著唐書瑤的樣子，紛紛拿起一串開始吃。

「嘶，別說，還挺辣！」馬氏咬了一口說道。

唐書瑤擔心地問道：「娘，您不能吃辣嗎？」

馬氏擺擺手。「能吃能吃，瑤瑤快吃。」

唐書瑤放下心來，她喜歡吃辣，越辣越喜歡吃，一時間忘記問爹娘喜歡不喜歡了，如今瞧著他們吃得很香，唐書瑤便繼續吃著手上的串。

馬氏覺得這東西著實美味，問道：「瑤瑤，咱家生意要改做這個？」

唐書瑤點點頭，看著娘親說道：「娘，既然您提到這，那我就直說了，包子生意雖然也賺錢，但是太辛苦，娘您這幾個月都瘦了好多，我最近一直研究吃食，便想出這個串串香來，而且這個串串香沒有那麼麻煩，只要湯熬好了，其他就省事多了，現在就是需要買幾個銅鍋，然後再買上一些木炭。」

唐書瑤厚臉皮地想著，她也記不清前世是誰發明這個串串香了，在心裡默默地道一聲歉，如今只能這樣跟家裡人解釋串串香是自己想出來的，畢竟家裡有大哥這個「學識淵博」的人在，她怎敢隨口說這個美食是從書上看來的呢？

馬氏點點頭，目前她還沒有見過其他人做出這個美食，想必他們是獨一份，想到這裡她眼睛一亮，激動地一拍桌子，笑道：「瑤瑤真棒，這個串串香拿出去賣，咱們家可是獨一份呢，到時候賣貴些，肯定賺大錢，哈哈哈！」

唐禮義一聽，心頭頓時火熱起來，本來聽到大兒子的束脩這麼貴，加上孩子她娘說生意慘澹，他這心裡就難受起來。況且已經答應大兒子要送他去唸書，若是他再說反悔的話，他這心也不是滋味。

如今閨女做出新的吃食，味道還這麼誘人，想必他們家的生意定能回暖，就像孩子她娘說的，這可是獨一份，怎麼著都能多賺錢。想到這裡，唐禮義也不擔心大兒子的束脩費用，心裡敞亮極了。

唐文昊眼神亮晶晶地看著小妹，他本來心裡就有些愧疚，自己這麼大了，不僅沒能幫到家裡，反而還要支出這麼一大筆錢去唸書，又聽說自家生意開始變得慘澹，心裡更是不安。他本想在晚飯的時候提出他不去唸書的事，沒想到小妹又給他一個驚喜。

心裡越發感激小妹為家裡做的一切，想到自己若是考取功名，小妹也可以不用嫁給村裡那幫臭小子。唐文昊在心裡暗暗地發誓，一定要考取功名！

唐書瑤餘光瞥到唐文博滿嘴通紅，嘴角還有一個菜葉子，不禁抽了抽嘴角，她剛才還在納悶今日餐桌上為何如此安靜，此時注意到唐文博的吃相，這才恍然，原來是他一直沒說話。

平常吃飯的時候，小弟最喜歡說起他的「豐功偉績」，今日卻只顧著吃飯沒有說話，難怪她覺得今日分外安靜。

一家人吃完晚飯，在院子裡遛彎，唐書瑤拽著唐文博跟唐文昊繼續學字。

唐文昊一開始堅持自己的觀點，一日就教三個字。學得慢不要緊，重點是字要記住並且學會，漸漸地他發現小妹確實很聰明，每一日教習的字都能記住，也能默寫出來。

唐文昊試著每日增加一個字，見小妹依然能記住，又逐漸增加字數，如今他一日教小妹三十個字，這本千字文小妹快要學完了，看著小妹在底下練字，唐文昊內心不由得感慨道：若小妹是男子可以去唸書，定會比自己優秀。

每每想到這裡，唐文昊就覺得心酸，替小妹心疼，這世道當女子實在艱難。

天色漸黑，村裡人也都陸續回到屋子裡歇息，唐書瑤躺在床上，揉了揉鼓起的小肚子，滿足地發出一聲喟嘆，意識漸漸模糊，也進入了夢鄉。

日頭漸漸升起，院子裡的公雞也鳴叫起來，唐書瑤眨了眨眼，意識逐漸清醒。想到今日爹爹要和大哥去縣裡拜師，她趕緊起來穿好衣服。如今的她可以快速地穿好衣服，梳好頭髮，想到剛來這裡時笨拙地穿衣服，唐書瑤不禁會心一笑。

走出屋子，一眼便見著大哥和爹爹在整理馬車，唐書瑤驚訝地問道：「爹，大哥，你們吃早飯了嗎？」

唐文昊回身看到小妹，語氣溫柔地說道：「我和爹已經吃過了，小妹也快去吃吧。」

「你們現在就去縣裡？」

唐文昊點頭。「早點去，也讓夫子知道我的心意。」

旁邊的唐禮義餵完馬，扭頭向閨女說道：「瑤瑤勸勸妳娘，讓她今日歇一歇，等我從縣裡買回來銅鍋和木炭，明日咱家再做生意。」

唐書瑤連忙應道：「爹，我會好好和娘說的，你們放心去縣裡吧。」

和爹、大哥打完招呼，看著他們駕著馬車離開，唐書瑤轉身進了廚房，就見著娘準備和麵，趕緊上前阻攔道：「娘，您剛才也聽見爹說的話了，咱們就聽爹的話，好好休息一日，歇一歇。」

「妳爹說得輕鬆，不賺錢怎麼供妳大哥唸書？當初妳大伯娘嫌棄咱們，娘就想著爭口氣，如今家裡生意漸好，娘每次走在村裡，腰板都挺得直直的，瞅著她們那嫉妒的小眼神，我這心裡樂開了花！」

唐書瑤上前挽著馬氏的胳膊，安慰道：「娘，別擔心，生意會好起來的，不出明年，咱們家肯定是村裡第一富戶，到時候所有人都嫉妒咱們。娘，今日休息一日如何？」

馬氏看著女兒的臉龐，無奈地答應道：「好好好，那娘今日就聽瑤瑤的，休息休息！」

唐書瑤笑起來，吃過早飯後，唐書瑤在院子裡削竹籤，為明日的生意做準備。秋風一過，唐書瑤不自覺地打了一個寒顫，緊了緊身上的衣服，恍然意識到如今已經入秋了。

想著天氣越來越冷，唐書瑤不禁皺起了眉頭，下雨天自家就不能出去做生意，這天氣冷了，在街邊擺攤也會更辛苦些，既然準備換個吃食賣，不如趁此機會租個鋪子？

唐書瑤靜靜地思考著這件事，又想著大哥將要在縣城唸書，不如直接去縣城租鋪子？可是想想還是放棄了這個想法，畢竟縣城鋪子租金高，現在家裡又要先拿出一筆錢讓大哥唸書，恐怕在縣城租鋪子的錢會不夠，還是到鎮上吧。

想到這裡，唐書瑤起身進了堂屋，看著娘說道：「娘，咱們這次做生意，不如去鎮上租個鋪子吧。」

馬氏一臉驚訝地抬頭。「租鋪子？」

唐書瑤走到榻上坐下，繼續說道：「是啊，咱們租個鋪子賣串串香，娘，我剛才認真想了想，下雨的時候，咱們家就沒法做生意，若是咱家有鋪子的話，下雨天也能繼續賣，如今天氣又越來越冷了，咱們擺攤也會更辛苦，而且過來買吃食的人也會嫌棄冷，畢竟咱們這個串串香，是現買現涮的，這樣也會影響咱家生意。」

馬氏聽著女兒的話，心裡頗為認同，可是又想到大兒子的束脩費用，這心裡就猶豫著，擔心租鋪子太貴，生意要是不好可怎麼辦。她嘴上說著信任閨女，這次生意肯定是大賣，但她心裡依然在擔憂，一時間倒是不知道如何開口。

唐書瑤看著娘親臉上的猶豫不決，便知道娘是在擔心生意的事，想了想說道：「娘，不如這樣吧，今日所幸無事，咱們去鎮上打聽打聽租金，看看有沒有合適的鋪子，要是太貴了，咱們就先擺攤出來賣，等賺夠了錢再租鋪子。」

馬氏一口答應，自從做上生意，她就想著可以在鎮上有間鋪子，剛好今日無事，在家裡等大兒子的消息，等得有些心焦，還不如給自己找點事做。

將家裡的門鎖好，馬氏和唐書瑤，帶著唐文博三個人一起去了鎮上。

鎮上有三條主街，一條是酒樓茶館比較多，一條是成衣鋪、客棧為主的，最後一個比較混雜，開什麼的都有。唐書瑤心目中理想位置就是在酒樓茶館多的那條街，三人直奔這條街上。

因著這些日子做生意，唐書瑤他們在鎮上認識了很多人，路上碰到一個嬸子過來問道：「文昊娘，今兒怎麼沒有賣包子呢？」

唐書瑤知道眼前這個嬸子是家裡的老客戶，基本上每日都會過來買包子，因著她家小兒子愛吃，這個嬸子也是個溺愛孩子的，所以也漸漸熟悉了。

唐書瑤上前一步，笑嘻嘻地解釋。「嬸嬸，我們家準備租鋪子做生意，這不今日就過來看看嗎？」

王嬸一聽，熱心地說道：「這可真是巧，我知道好幾家準備向外租呢，今兒呢，我也沒事，走，我領你們過去看看。」

馬氏正愁怎麼找鋪子，就見眼前人過來幫忙，樂呵呵地謝道：「哎喲，真是太謝謝妳了。」

王嬸擺手。「客氣啥？你們家做的包子好吃，我小兒子就愛吃妳家包子，原先不喜歡吃飯，現在能吃上兩包子多好，你們早點租上鋪子，也能早些賣。」

王嬸這話說完，馬氏和唐書瑤面面相覷，他們不打算做包子生意，這要是不吱聲，事後讓王嬸知道了，肯定會怨怪他們。

唐書瑤上前解釋。「王嬸，我們家不做包子生意了，準備換個別的吃食。」

「啥？你們家不做包子生意？這好好的，怎麼說不做就不做了呢？」說到最後王嬸語氣也變得急切起來。

唐書瑤想了想，安撫道：「最近研究出新的吃食，比包子還要好吃，這不都打算來找鋪子了嗎？也是因為這吃食好吃，我們家才打算租鋪子將這個生意做大。」

王嬸看著眼前女娃誠懇的眼神，迫切的心也放鬆下來，追問道：「什麼吃食？」

唐書瑤明白她不是惡意打探，便笑著搖搖頭。「馬上就要做出來了，現在還不能說哦，不過不會讓嬸嬸失望的。」

第十六章

王嬸好笑著搖搖頭，這個小女娃看著古靈精怪的，倒是挺有趣。

王嬸帶著他們進了一家鋪子，鋪子的房東剛剛擦完桌子，抬頭見著唐書瑤的時候眼神閃了閃。

王嬸笑呵呵地衝著房東說道：「二梅，你們家前些日子不是說好要往外租嗎？這不我今兒就帶一個過來看鋪子的。」

王二梅看了一眼王嬸沒回話，而是直接向著馬氏問道：「妳們可是那賣三文錢一個包子的？」

馬氏笑道：「可是買過我們家包子？」

王二梅見他們承認，立即冷下了臉。「這鋪子我不租，你們走吧。」

王嬸的臉色頓時有些難看，自己剛剛打包票帶他們過來看鋪子，結果第一個就碰了壁，問道：「王二梅，妳這話是什麼意思？」

「哪有什麼意思，不租就是不租，妳們趕緊走！」

馬氏想要上前理論，憑啥不租給他們，唐書瑤拽了一下娘親，湊到王嬸身邊小聲說道：「嬸子，我和我娘、我弟先出去等您，麻煩您問問這個房東為何不租給我們。」

唐書瑤說完就拉著馬氏離開，想到先前走進鋪子時，那房東見自己的眼神有些不對，加上對方又問了一遍自家是不是賣包子的，確定身分後就直接拒絕自己，唐書瑤越想越覺得這裡面有點貓膩，便想讓王嬸幫忙問問究竟是怎麼回事。

這時候攔著娘親，也是希望娘親不要吵起來，對方只是拒絕自家租鋪子，也沒有說什麼難聽的話。況且，唐書瑤也想知道究竟是誰在針對他們。

瞅著娘的臉色難看，唐書瑤輕聲安慰道：「娘，別生氣，這家不租，還有別家呢，我剛剛跟王嬸說了，讓她幫咱們問問究竟是怎麼回事。」

馬氏暗怪自己竟還要女兒來安慰，舒了一口氣，平息了一下怒氣，看著懂事的閨女，感嘆道：「娘不氣了，娘也想知道那人是啥意思，憑啥不租給咱們？」

母子三人在外面等了一盞茶的時間，就見著王嬸皺著眉頭從鋪子裡面走出來，馬氏上前問道：「怎麼樣？她怎麼說的？」

王嬸意味不明地看了一眼馬氏三人，抿了抿唇，看向他們問道：「你們怎麼得罪楊小姐了？」

馬氏一臉迷茫地問：「楊小姐？楊小姐是誰？」

「就是咱們縣令夫人姊姊家的楊小姐，王二梅她家當家的在楊府做總管，聽說楊小姐不喜你們，這才不想租給你們。」

馬氏怒道：「什麼縣令姊姊？我們根本不認識楊小姐，我看這人就是有病！」

王嬸見著馬氏臉上的怒氣，又見她真的不像在撒謊，便安慰說：「哎喲！別擔心，縣令大人英明呢，不會為難咱們小老百姓，你們以後注意點就行，我帶你們去別家看看吧。」

唐書瑤聽著王嬸的話，沒想到竟是裴嘉哲表妹的緣故，腦子裡突然靈光乍現，她對著馬氏說道：「娘，我去別的街上轉一圈，一會兒再回來找您啊！」

說完唐書瑤不等馬氏回話率先跑開，唐書瑤跑到街邊那家賣包子的地方，站在不遠處觀察他們，唐書瑤注意到那個賣包子的男人臉上沒有一絲愁容，反而滿面春風，又見著前來買包子的人並不是很多，即便這樣對方依舊這麼樂觀。她記得第一次在他那裡買包子時，那人可不像現在這般笑容滿面。

唐書瑤心底隱隱地有一種感覺，但是很模糊，一時也說不上來，但是她能感覺到事情沒有那麼簡單。

果不其然，就在她準備轉身離開的時候，就見著一個身穿藍色下人衣服的中年男人走到賣包子那裡，賣包子的男人見到對方時眼睛一亮，臉上隱隱帶著討好的笑容，兩人交談了一會兒，臨走時唐書瑤注意到中年男人側著身子遞給他一個錢袋。

賣包子的男人臉上笑容加深，衝著對方點頭哈腰，待中年男人走後，賣包子的男人打開錢袋，頗為滿意地點點頭，隨即將錢袋收好。看到這裡唐書瑤也終於明白，之前他們家的生意做了幾個月，也不見對方降價競爭，如今是有人在背後支招出錢呢。

唐書瑤推測，這個人很有可能就是楊小姐，為了不讓自己僅憑猜測就誤會別人，唐書瑤遠遠地跟著那個中年男人，直到他進了府裡，唐書瑤望著門匾上偌大的「楊府」兩字，心道這有什麼不確定的，就是她沒錯了。

唐書瑤回憶著第一次見到楊小姐的情景，對方見自己第一面的眼神就有些不善，難怪會設計這件事。她注意到周圍來來往往的人，現在白日裡人多自己做什麼也不方便，而且剛才跑得急，恐怕娘也會擔心自己，深深地望了一眼楊府，隨即轉身離開。

待唐書瑤回到那條主街上，就見著娘、弟弟和王嬸還在那裡，她討好地對馬氏笑笑，礙於有外人在，馬氏也沒有說女兒，只是點了點她的腦袋，幾人繼續看鋪子。

接下來的事情比較順利，有五家要往外租的，唐書瑤和馬氏都比較喜歡在酒樓茶館那條街位置的鋪子，這個鋪子有兩層，大堂也能放十五張八仙桌，差不多可以坐下一百五十人，樓上也有六個包廂，整體都很敞亮，後面的廚房也大，還有三個灶臺。而且鋪子本身地段好，這條街就是吃飯的地方，人流大，只要做得不差，生意總會賺錢，加上鋪子寬敞又大，因此租金也稍貴些，半年的租金是十貫錢。

馬氏來之前在家裡拿了二十貫錢，她其實也想租鋪子專心做生意，畢竟家裡的幾畝田自家也不會種，要麼佃出去、要麼雇傭人來幫忙，她以後想乾脆搬到鎮上來。如今聽著房東說的租金，這比她預想的要高，可是這鋪子實在太好了，見女兒也挺滿意，馬氏一咬牙，拍桌決定。「租了！」

唐書瑤驚訝地回頭看著娘親，沒想到娘竟然這麼迅速就決定租了，她以為娘只是先過來看看的，結果說租就租了。

房東青雲嬸是個索利人，這鋪子是家傳的產業，本來他們也是用來開飯館的，可惜他們沒有那手藝，做的菜也不好吃，家裡的兒媳婦也是廚藝不好，這才沒有辦法只能租出去了。

馬氏和青雲嬸簽了紙契，青雲嬸將鑰匙交給馬氏就離開了，王嬸已經幫忙找了半天鋪子，肚子早就餓了，見著這事結束，就趕緊提出告辭。

對於今日幫自家大忙的人，馬氏尋思請她吃點東西，王嬸連連擺手。「客氣啥？只要你們家新出的吃食好吃那就行，我也是為了小兒子，他啊，身子弱還挑食，要是沒有可口的，寧可挨餓也不吃。唉！這個倔脾氣真是愁壞我了。」

馬氏本想張嘴說幾句小孩子挑食不能慣，但想想人家就是為了這個才幫自己的忙，再怎麼看不慣也不能直說啊，到嘴的話又嚥了回去，面上笑了笑。「今日這事多虧妳，要不然也找不著這麼好的地方，等鋪子開業了，妳來我給妳算便宜些。」

馬氏剛說完最後一句話，就後悔了，暗自怪自己這個嘴這個快喲！真是嘴欠！說什麼不好非要說便宜點，一想到要少賣錢她就心疼。

王嬸一聽頓時樂了，也不虧她跟著忙活半天，見著快到晌午，她趕緊告辭往家返。

母子三人看著租下來的鋪子，一臉感慨，他們誰都沒有想到今日會做出這個決定。

馬氏想到剛剛女兒突然跑走，現在也沒外人，便問道：「瑤瑤妳之前跑出去做啥了？」

唐書瑤聽著娘親的問話，認真想了想，有些事沒必要隱瞞著，對於能使計陷害自家的人，若是向他們隱瞞，只會降低他們的防備心，說不定以後還會害了他們。

想到這裡，唐書瑤開口解釋道：「早上王嬸說第一家房東拒絕咱們，就是因為楊小姐，我是恍然想到街邊賣包子那家也是這幾日才降價競爭，咱們家的包子賣了好幾個月，要說他們想要惡意競爭，早就該降價了，為何是這個時候降價？我覺得不對勁便想過去看看，真沒想到看見有人送錢給賣包子那家，眼見事情不對，我就悄悄地跟著那個送錢的人，發現他進了楊府。娘，這件事也是楊小姐做的。」

馬氏愣了一瞬，女兒說的話有點繞，她一時沒聽明白，不過有一點倒是很清楚，那就是早上那間鋪子拒絕他們，和街邊賣包子的降價，這兩件事都是那個楊小姐做的。

想到這裡，馬氏怒氣上來。「這個楊小姐真是惡毒小人，我看那裴嘉哲也不是什麼好東西！」

唐書瑤抽了抽嘴角，娘這分明是在遷怒，不過仔細一想，若是自己沒有認識裴嘉哲，楊小姐也不會針對他們，但轉念又想到自己這是鑽死胡同了。天下哪有那麼多如果？何況做壞事的人並不是裴嘉哲，不能因為這一點就將裴嘉哲歸為壞人一類，畢竟真正的壞人是楊小姐。

看著娘生氣，唐書瑤開口安慰道：「娘，您別生氣啊，反正咱家不再賣包子，損失也不大，而且裴嘉哲他都回縣裡了，肯定不知道這件事，何況這次大哥去學堂的事，也是找他詢問的，娘您也別遷怒他了。」

馬氏聽見女兒的安慰，想想頗覺得有道理，不過心裡還是有些不甘心，只是面對那種有靠山的大戶人家，也只能忍下來。瞅著女兒擔心的面龐，馬氏扯了扯嘴角露出笑容。

雖然唐書瑤這樣勸說娘親，但她並不準備輕易地放過，不管楊小姐和裴嘉哲有什麼關係，既然她敢做出這件事，總要付出代價。

唐書瑤瞇了瞇眼，眼裡閃過一道光。

趁著馬氏打量鋪子琢磨怎麼布置的時候，唐書瑤出去向其他人打聽了一下楊府的產業。

楊小姐在背後策劃這件事，若不是唐書瑤做出新的吃食來，那他們家的生意可是損失不少，這也間接影響大哥的學業，畢竟家裡剛做上生意才幾個月的時間，還沒有攢下足夠豐厚的家底，唸書又是一件特別花錢的事情，無論如何她都不覺得楊小姐是個無辜的人。

在得知楊府以經營成衣鋪、繡莊、茶莊這幾樣產業為主後，唐書瑤又打聽到楊府鋪子的位置，這才回到自家鋪子，眼見著天色不早了，估計此時唐禮義和唐文昊也該回家了，馬氏和唐書瑤、唐文博便鎖好鋪子，向家裡走去。

剛到村口的時候，就見著自家馬車從東邊駛來。

唐禮義遠遠地看見孩子他娘和兩個孩子在村口站著，趕緊駕著馬車過去，到村口的時候，唐禮義說道：「快上來，這是去哪兒了，怎麼在村口呢？」

馬氏三人上了馬車後，馬氏率先說道：「今兒去鎮上了，到家再說。」

唐禮義聽見馬氏的話，閉上嘴專心駕馬車，在車廂裡，唐書瑤看著唐文昊問道：「哥，周舉人同意了嗎？」

馬氏聽見閨女的問話，也扭頭盯著大兒子，就見唐文昊笑著點點頭，馬氏激動道：「哎喲，我兒就是聰明！」

唐文昊被娘說得臉頰微微泛紅，不過看著娘和小妹高興的臉，嘴角的笑意不由得加深。

很快馬車就到家了，村子裡的人雖然都知道唐老三買了輛馬車，不過馬車進村的時候，他們還是不由自主地跟在馬車後邊看熱鬧，直到唐老三趕著馬車進了院子才轉身離開。

一家人走進堂屋，馬氏滿臉笑容地看著大兒子問道：「跟娘說說，今兒去周舉人那裡都幹麼了？」

唐文昊看著娘親直白的眼神，清了清嗓子，避開娘親的視線說道：「我跟爹在周舉人那裡等了小半個時辰，便見到夫子過來考核我，夫子問得很詳細，有些問題兒子沒能答上來，不過夫子最後同意收下孩兒進學堂，孩兒被夫子分到丙班。」

聽到大兒子說到有些問題沒能答上來的時候，馬氏眉頭一皺，又見大兒子說起被分到丙班，馬氏疑惑道：「丙班是什麼？」

唐文昊解釋說：「丙班是學過千字文等，有一些基礎的學子所在的班，周舉人那裡有甲乙丙丁四個班，甲班是考過府試，準備考院試的學子，乙班是準備考縣試的學子，最後一個丁班就是剛剛識字的學子。」

馬氏點點頭，恍然道：「他還收不認字的人啊！」想了想又問道：「那你什麼時候去唸書？」

「後日，後日一早就要去學堂。」唐文昊回道。

馬氏點點頭，看著一家人都在這裡，說道：「今日我跟孩子去鎮上，租了間鋪子。」

「啥？」唐禮義猝不及防聽到馬氏的話，一時間沒有反應過來。

馬氏白了他一眼，大聲道：「在鎮上租鋪子，怎麼的，耳朵聾了！」

唐禮義一臉無奈地掏了掏耳朵，隨即問道：「在哪兒租的？租金多少？」

第十七章

想到租金，馬氏的氣勢頓時弱了不少。

唐書瑤看著娘的模樣，便向爹解釋道：「爹，咱家這不是準備做串串香的生意嗎？租個鋪子的話也能賣得多，而且這天氣越來越冷，要是下雨咱家也不能出去做生意，所以我和娘今日去鎮上看鋪子。爹，咱家租的鋪子就在酒樓茶館那條主街上，而且還是二層，特別敞亮！」

唐禮義抽了抽嘴角，合著說了半天這母女倆就是沒說租金多少，他一琢磨就覺出不對來，抬頭追問道：「妳們還沒說租金呢！」

馬氏和唐書瑤相互看一眼，馬氏悶聲道：「十貫錢。」

「啥？十貫錢？」唐禮義捂著胸口不可置信道。

馬氏臉一黑，大聲說道：「十貫錢，十貫錢怎麼了？那鋪子地段好，就、就稍稍貴了些！」說到最後馬氏氣勢又低了下去。

唐禮義無奈地看著馬氏和女兒，張了張嘴，心想：這是稍微貴了點嗎？這可是非常貴！

可是瞥見馬氏難看的臉色，他終究沒有說出口，默默地在心裡嘆了口氣。

沈默半晌，唐書瑤打破了平靜。「爹，娘，這次租下鋪子，明日早些做準備，銅鍋也要多訂一些，而且吃飯的桌子也需要訂製，那銅鍋下面得放些木炭，還有竹籤也多弄些，這些弄完咱們才能開業。」

唐禮義緩了半天，終於接受這個事實，又聽見女兒說的這些事，點頭應道：「明日我跟著妳們去看看鋪子，順便再將妳說的這些東西都買了，既然要好好做，那咱就給它做大了。」

鋪子的事算是徹底定下來了，唐禮義雖然覺得租金有些貴，但是在聽到孩子她娘說了其他幾家鋪子的情況後，也認可孩子她娘租下這間鋪子，一來鋪子地段好，人也多，不愁沒人來；二來鋪子寬敞，二樓還有包廂，有那講究的富貴人家可以在二樓包廂吃飯，這也算多了一些客源。

安國這裡沒有商人之子不能考科舉這一說法，也沒有什麼商人身分低下的說法，只是商人要交的稅有些多罷了，這也是唐書瑤提倡家裡做生意的重要原因。

夜晚，大家都已沈沈睡下，唐書瑤起身穿好衣服，輕輕地走出院子，趁著月色向鎮上走去。在末世五年教會她一個道理，那就是得有怨當場就報。

走在村子裡的時候，院子有狗的聽到腳步聲就開始狂吠，唐書瑤隨手摘了地上的雜草扔過去，趁著狗嗅著雜草的時候，她快速離開。

所幸唐書瑤走得快，狗發現人不見了就不再叫喚，也沒有驚動村裡的人，半個多時辰後，她盯著眼前的鋪子，手上甩出一道雷電，鋪子上的牌匾瞬間摔了個粉碎，她接著跑去楊府的其他鋪子，用同樣的方法將牌匾全數摔碎。

做完這一切唐書瑤迅速回到家裡，一夜好眠，翌日一早，全家人都來到了鎮上看自家新租的鋪子，唐書瑤趁著大家不注意的時候，悄悄溜出去給鎮上幾個乞丐錢，讓他們傳楊府做了壞事，遭了天譴。

這裡的人對於天譴是十分懼怕的，恰好今早很多人發現楊家的鋪子牌匾被摔碎，而且痕跡看著像火燒的，這流言一出，眾人又觀察了一遍牌匾上的痕跡，加上有人說自己聽到昨晚的打雷聲，接著就有好多人跟著附和，紛紛說自己也聽到了打雷聲，再看著楊家牌匾上的焦痕，都相信了這就是來自上天的懲罰。

楊府裡，林氏和楊若靈坐在堂屋裡，聽到管家來說自家的鋪子一夜之間，所有的牌匾都被天雷擊碎，如今整個鎮上都傳他們做盡了壞事，受到了懲罰，好多剛剛買了成衣的人都要求退貨。

林氏氣得將手中的茶杯摔到地上。「你說什麼？我們楊府做壞事遭天譴？」

楊總管側了一下身子，茶水濺到他的腿上，忍不住挪動了一下位置，深深低下頭回道：「是的，夫人，現在整個鎮上已經傳遍了這個消息，很多人都上門要求退貨，無奈下我只得先讓他們將鋪子關了。」

在旁邊聽到這件事的楊若靈也蹙著眉頭，這樣的說法傳出去自家還怎麼做生意，心裡不由得害怕起來，難不成是自己做的那件事太過分，引來上蒼的懲戒？

想到這裡楊若靈小心地覷了一眼阿娘，見她沒有注意到自己，不禁舒了一口氣。

林氏煩躁地起身來回走著，實在想不出這件事該怎麼解決，扭頭問女兒。「妳說，有什麼辦法能解決這件事？」

楊若靈嚇了一跳，反應過來林氏是在問她辦法，小心地說道：「娘，要不鋪子就先關幾日，等流言平靜下來，咱們再打開鋪子做生意？」

林氏的心就像在河裡抓住了稻草，拚命地點頭。「妳說得對、妳說得對，就這麼做！」又轉向管家說道：「剛剛小姐說的話你都聽見了吧？聽見了你就下去辦！」

楊總管點點頭，應聲退下。其實他心裡是不贊同這麼做的，若不出面給大家一個交代，只會壞了名聲，後面的生意也只會越發慘澹，只是他作為一個下人，主子既然發了話，那他只有好好執行。

楊總管愁眉苦臉地向外面走去。

這些年來林氏掌管著偌大家業都是順風順水的，看在縣令的面子上，鎮上的人多多少少都會給些面子，只是這一次的事傳出是上天的懲罰，面對天譴，其他人都不會再買帳了。是個人都會害怕天譴，害怕受到牽連，因此這些人才會急得要求退貨。

唐書瑤正在自家鋪子，參與到家裡鋪子整修計劃中，還不到一個時辰，就有旁邊的鄰居上門過來八卦，說起楊府遭遇天譴的事情。

馬氏一聽，頓時樂了，她昨天堵著的這口鬱氣也瞬間消散，跟著嘲諷道：「那楊家得做了多大的壞事，竟惹得上天都看不過去。」

建業嬸聽著馬氏的話，不由得深思起來，難不成這楊府真有人謀財害命？

建業嬸在這裡待了一刻鐘的時間，主要就是來看看新鄰居是什麼樣的人，順便說說今早的流言，看著新來的鄰居人還可以，建業嬸就回去了。

馬氏笑咪咪地衝著女兒說道：「這人啊，還是少做壞事，不然老天都看不過去嘍！」

唐書瑤笑笑沒有接話，這次若不是對方先設計自家的生意，她也不會這樣做。她承認她做得有些過分，幾乎斷了楊家的財路，可是一想到若不是自己想出新的吃食，一想到大哥會因為這件事不能繼續唸書，一想到娘親心裡的鬱氣，她就不會後悔。

對於給她溫暖的娘親，對於給她親情的家人，唐書瑤承認自己是一個護短的人，但是沒辦法，末世那樣艱難的生存環境教會她，只有實力才可以守護住自己的東西。

若不是對方先來設計他們，唐書瑤也不會報復回去，尤其是在這個階級分明、視人命如草芥的世界，倘若自己沒有認識裴嘉哲，僅僅是因為一件小事得罪了楊小姐，唐書瑤難以想像，對方不會藉由縣令的手為難自家。

也或許是自己想多了，不管如何，唐書瑤對於這次的結果還是很滿意的。

因為這一次家裡要開鋪子，準備的東西有些多，唐書瑤全家都跟著忙碌起來，從桌子到銅鍋、從灶具到材料，各個方面都需要提前備置好，這時候就體現出馬車的優勢來，駕著馬車一趟趟將這些東西運過來，省了不少時間。

這一次家裡人都準備將生意做大，光是訂購吳伯伯那裡的豬肉是不夠的，所幸吳伯伯是個敞亮人，將關係好的同行何叔介紹給唐書瑤他們，價錢都是和吳伯伯的價錢一樣，每斤比市面上便宜了一文錢。

不要小看一文錢，若是十斤肉那可就是便宜了十文！

而對於這樣的大客戶，少賺一文錢，每日還能讓家裡沒有剩肉，何叔自然也是願意的。馬氏看著女兒和老吳他們的交談，嘴角的笑容不由得加深，女兒越來越懂事，她心裡也跟著自豪。

不僅是豬肉，還有一些蔬菜，家裡的菜自家都用得差不多了，便想著向村裡人收菜，畢竟在村裡收菜，一來是距離近，方便，二來就是在村裡收菜要比在鎮上買菜要便宜一些，何況這事也會給村裡人多一份收入，還能讓唐書瑤他們一家在村裡的人緣變得更好。

之前因為爹娘的名聲不太好，做生意後名聲倒是好了不少，不過因著家裡人都很忙，也沒有時間和村裡人結交關係，這一次倒是不錯的機會。

唐書瑤看著爹娘說道：「爹、娘，既然咱家準備向村裡人收菜，不如和爺爺說一聲，然後找村長主持這事如何？」

礙於大哥將來要考科舉，唐書瑤現在對於名聲這件事很是重視，家裡要向村裡收菜不是小事，找村長是做個保險，也是向長輩知會一聲表示尊敬，免得傳出去自家不重視長輩，壞了名聲。

唐禮義和馬氏對視一眼，他們都忘了這事要和老爺子知會一聲。

唐禮義點頭說道：「一會兒咱們回家，我去爹那一趟。」

回到家的時候天色還不晚，閨女做飯還需要點時間，唐禮義給馬餵完草，便朝著老宅走去。

剛踏進院子，就聽見大嫂的咒罵聲，唐禮義皺著眉頭，此時老爺子臉色難看地坐在院子裡，一眼便看見小兒子走過來，緩了緩情緒，問道：「三郎，怎麼過來了？」

一段日子沒見，唐禮義看著爹蒼老的臉色，心裡對於爹娘的埋怨瞬間消散了，他答道：「爹，我準備向咱們村收菜，過來跟您說一聲。」

老爺子點點頭，心下感慨著：世事變化，分家後，小兒子居然成了家裡最有出息的那個，這樣也好，也好！

老爺子說道：「我知道了，你進屋看看你娘，這些日子家裡不省心，你娘她躺在屋裡歇著呢。」

唐禮義一聽，趕緊走進屋裡，看見躺在床上的娘，眼眶不禁微微濕潤，老太太聽到動靜，睜眼就見到小兒子過來了，開心道：「你回來啦？家裡怎麼樣？那幾個小的過得好嗎？」

唐禮義聽著阿娘關心的話，哽咽地說道：「家裡都挺好，生意做得不錯，在鎮上租了鋪子，這次來就想跟您說一聲，家裡要向村裡收菜。」

老太太欣慰地點了點頭。「不錯，就該這樣！你啊，從小到大就喜歡貪懶，現在知道養家了，我兒做得好。」

唐禮義激動地說道：「娘，要不您跟爹去我那兒住吧。」

老太太欣喜地看著小兒子，分家這件事梗在她心裡，她知道小兒子的倔脾氣，眼看著自從分家後，小兒子就長孫成婚時回來一趟，平常也不回來看看，她就知道小兒子還在怨怪她，心裡就難受。

無論哪個兒子對她來說都是喜愛的，畢竟手心、手背都是肉，只是在選擇時，下意識會偏疼一個罷了，如今看著小兒子能說出接自己過去住的話，她就知道小兒子對他們不再埋怨了。

老太太擺擺手說道：「你有這個心就行了，有空常來看看，娘在這兒住了一輩子，也習慣了，你常來看看就好。」

唐禮義點點頭，繼續問道：「娘您身體不舒服嗎？」

老太太坐起身嘆了一口氣，說道：「上次你大哥的事，你也看到了，現在你大嫂變得不正常了，日日在屋裡咒罵，都這把年紀了，娘也不能讓你大哥休了她，唉！」

「那大哥沒說她嗎？」

「你大嫂成天跟著你大哥，要不就在家裡大聲嚷嚷，說她一句，她就消停一會兒，過會兒又開始了，我都懶得說了。文傑這孩子，沒想到成婚後竟是個耳根子軟的，文傑媳婦向著她婆婆，文傑也維護他娘，娘更不能讓你大嫂回老家待著了。」

唐禮義皺著眉頭，如今大哥就文傑一個兒子，這兒子向著娘，大哥也沒法說大嫂，自己剛進院子時還聽到大嫂在屋裡咒罵著，這趕不了又說不聽的，難怪爹娘犯愁，也只怪大哥當初惹了那事。

唐禮義也沒什麼辦法，日子總是要過的，安慰阿娘幾句，最後叮囑道：「娘，要是您想換個地方住，就跟兒子說，兒子來接您。」

老太太笑道：「好，娘知道了，我兒有出息了，也知道孝敬娘，娘這心就高興。」

唐禮義有些羞愧，他好不容易來一趟，也沒給爹娘帶些吃的，不過他向來臉皮厚，還是扯了扯笑容，跟爹說一聲，向家裡走去。

剛走進自家院子，就聽到女兒問道：「爹，您怎麼了，爺爺那裡有什麼事嗎？」

「進屋說。」唐禮義看著女兒說道。

一家人坐在桌前，唐禮義看著家裡人擔憂的神情，嘆了一口氣說道：「是大嫂，自從大哥那件事，大嫂就變得神神叨叨地，每次大哥去酒樓，大嫂就跟在後面，他們倆現在日日吵架，爹娘為這事老了不少。」

唐禮義這話說完，家裡人都沈默了，唐書瑤他們小一輩的實屬不知道該怎麼說。

等了片刻，馬氏說道：「那娘沒讓大嫂回老家待幾日嗎？」

唐禮義搖搖頭說道：「大嫂有文傑護著，娘也不敢讓她回去，如今只能這樣耗著。」

這個話題有些沈重，屋子裡的氣氛也不太好，對於唐禮義來說，雖然大哥做得不對，但他還是偏向大哥的，如今大哥唯一的兒子向著他娘，他這心裡也有些不舒服。

而在馬氏看來，這事就是大哥做得過分了。村子裡因為窮，家家都是娶一個女人，只有鎮上的大戶人家才會有小妾，如今大哥門戶不高，倒是私下養了個寡婦。馬氏心裡對於大哥是厭煩的，哪個女人願意自己孩子他爹還有別人？只不過看著當家的臉色不好，她仍是安慰幾句。

第十八章

翌日一早，唐禮義駕著馬車送文昊去縣裡唸書，回來就去了村長那裡說了收菜這事。

李多福看著唐老三，當初分家時他還在想，這唐家三個兄弟，怕是只有唐老三要不行了，可沒過幾天就打了他的臉，居然做上生意了。

李多福對於唐老三的改變還是很欣慰的，雖然他看錯唐老三，可這件事也是好事，起碼唐老三日子過好了。如今聽唐老三的來意，心裡對他更是頗有好感，有了錢也不忘本，看來還是以前唐哥太溺愛孩子，才導致唐老三這麼懶，如今分家，反倒是讓他撐起了一個家，李多福暗暗地點點頭。

轉念想到唐老三那個大兒子，長得俊俏還乾淨，又識過字，自家的大孫女過年就要十五了，雖比對方大一歲，在他看來不算什麼，李多福將這件事放在心底，笑著問道：「是在鎮上開鋪子？」

唐禮義認真回道：「這些日子賺的錢都用來租鋪子，那小推車太小，鋪子大，人也多。」

李多福點點頭。「不錯，禮義你早該這樣了，可別像以前那麼懶。不是我說你，咱們村以前還有幾個二流子，你那會兒都快趕上他們了，現在多好，就該吃苦掙錢。」

唐禮義沈默地點點頭，之前他覺得幹活太累，沒想太多，家裡有飯吃就行，如今自己當家，那時看著女兒擔心家裡就跑到後山去打獵，他這心裡頗不是滋味，感覺自己實在太沒用，就想著做點什麼。現在他也能理解大房想分家的事，畢竟誰還不顧著自己的小家呢？

李多福看著唐禮義認真聽自己的話，心裡頗覺欣慰，念叨了半天嘴也有點乾，便衝著唐禮義說道：「行了這事就交給我吧，我待會兒就跟大夥兒說說，讓他們將家裡的菜都賣給你，你還有什麼要說的嗎？」

唐禮義想到來之前女兒說的話，連忙張嘴說道：「叔您也知道之前我們家跟村裡人關係不太好，這事雖然是向咱們村所有人家說的，但有些跟我家關係不太好的，我家是不準備收的。」

李多福皺著眉頭詢問道：「你真打算這麼做？」

唐禮義點點頭，雖然他不知道女兒說的是誰家，但既然女兒特意叮囑過他，他就按女兒說的話來。

李多福眼神複雜地看了一眼唐禮義，最終還是應下了，人家作為收菜的那方，既然有不願意收的，也不勉強他。

唐禮義又在村長這裡待了一刻鐘，就返回家裡。

還沒過半個時辰，村裡人就朝唐老三家走來詢問收菜的事，家裡敞開門，唐書瑤端著溫水給幾個嬸嬸，村子裡只有來重要客人的時候，才會想辦法弄點茶葉泡，平常時候就是溫水招待人。

性子爽利的冬明嬸率先問道：「文昊娘，妳這收菜都怎麼收？啥菜都要嗎？」

馬氏笑道：「後日一早就開始收菜，卯時來我家就行，過了時辰可就不收了，就收咱們平常吃的菜。哦對了，有那菜葉子爛的，我家可不收，妳們也別往這兒送。」說到最後馬氏的語氣也變得嚴肅起來。

冬明嬸說：「哪能送爛菜葉子啊？都知道妳家要做生意，放心吧，今兒聽個準話，我們也放心了。」

旁邊的幾個嬸子也跟著附和。「就是就是，哪能給您送爛菜葉子？咱們自個兒也不吃呢，文昊娘這事可是幫了我們，要是有那壞心思的，我們可不答應！」

馬氏笑咪咪地看著這些人，知道這些人在刻意奉承她，不過好聽的話誰都愛聽，聽完心裡更是舒坦。

這日清晨，唐書瑤從屋子裡走到院子，慢悠悠地伸了一個懶腰，微風吹佛她鬢角的碎髮打在臉上，望著一碧如洗的天空，嘴角微微上揚。

冬明嬸剛走到唐老三家門口，就看到院子裡的唐書瑤，笑著喊道：「書瑤啊，快開門，嬸子過來送菜咧！」

唐書瑤緊忙上前將門打開，笑道：「冬明嬸您來這麼早啊。」

「哎，怕你們待會兒忙不過來，起來了我就過來了，妳爹娘起了嗎？」

唐書瑤尷尬地笑笑，就在這時，馬氏從屋裡面出來說道：「冬明嬸來了啊！」

冬明嬸眼神一亮，提著菜說道：「哎喲，剛剛還在問妳家姑娘你們醒了嗎？這可是真是趕巧了，快快，先看看我這菜，完事我還得回去燒飯！」

「妳先放這裡我看看。」馬氏應道。

看冬明嬸著急的模樣，馬氏話不多說，大致看了一眼菜的情況，確認都是新鮮的，又秤了斤數，隨即回屋取銅錢給了冬明嬸。

冬明嬸樂道：「這都鄉里鄉親的，一日一結太麻煩了，要不一月一結？」

唐書瑤過來解釋道：「冬明嬸，一月太久了，這樣妳們早上過來送菜，我們給妳們算錢，也不費多長時間，若是有人家著急需用錢的，也能直接領到錢，若是有的人月底一起算，有的人當日給，這樣分開又太麻煩，不如大家都是每日現給錢省事。」

冬明嬸看著說話有條有理的唐書瑤，讚賞地說道：「還是書瑤說得對。行！今日這菜送完了，文昊娘，我先走了啊。」

馬氏應道：「明日再來啊。」

冬明嬸一臉笑意地走出院子，還沒過半盞茶的時間，村子裡的人陸陸續續地到唐老三家裡賣菜，唐書瑤和馬氏母女倆在一起相互配合，馬氏秤菜的斤數，唐書瑤在一旁算錢再遞給嬸嬸們銅錢。

就在這時，唐書瑤抬頭看到秋月嬸和春明嬸走進院子，見著她們笑嘻嘻地過來送菜，她就想到之前上山打獵時她們在背後說的話。

唐書瑤伸手攔下了娘親的動作，面無表情地說道：「各位嬸嬸，想必村長爺爺說過我們家收菜的規矩吧？」

院子裡的幾個嬸嬸不明所以地相互看了看，不明白唐書瑤什麼意思，秋月嬸問：

「說了，有啥問題不？」

唐書瑤看著秋月嬸的臉說道：「秋月嬸，還有您旁邊的春明嬸，請妳們回去吧，我們家不收妳們的菜。」

「憑啥啊？憑啥不收我倆的菜？」秋月嬸急道。

「為什麼？兩位嬸嬸可是在背後說過我們家的壞話吧？各位嬸嬸都來評評理，我們家收村裡的菜，是為了方便村裡人不用走到鎮上去賣菜，也讓大夥兒省心些，這事本是好事，可是這兩位嬸嬸曾在背後說過我們家的壞話，這樣的人，我們怎麼會再收她們家的菜，這不是給自己添堵嗎？各位嬸嬸，若是妳們，妳們會繼續收菜嗎？」

其他人一聽，面面相覷。她們不過是小老百姓，誰都不是那種胸懷寬廣的人，怎麼會再繼續收菜，再說也不知道這唐老三能收多少菜，現在能少一家、算一家，她們自是不想出聲。

秋月嬸和春明嬸的臉色很難看，她們以前沒少說別人的壞話，如今被人當面戳穿，臉色通紅。秋月嬸轉念想到自家婆婆今早還囑咐自己一定要將這菜賣出去，現在說不收她家菜，那她回家豈不是要挨罵？

想到這裡秋月嬸反駁道：「書瑤這孩子指不定是認錯人了，我們哪是那種背後說人壞話的人，妳說是不是？」說完秋月嬸推了一下春明嬸。

春明嬸也反應過來。「對對、說得是，我們可從沒有說過妳家的壞話，妳看這都是村裡人，你們要是不收我們的菜，傳出去也不太好吧？」

唐書瑤笑了笑，緩緩道：「這件事就不用春明嬸擔心了，畢竟各位嬸嬸還在院子裡，今日是非明眼人都清楚這因果關係，再說我們也跟村長爺爺說過了，若是有背後說過我們家壞話的，那我們家也不能收她家的菜，想必各位嬸嬸也都聽到了吧？」

一旁的幾個嬸嬸點點頭，這下子秋月嬸和春明嬸的臉色變得很難看，在後邊的馬氏聽了半天也弄明白了，合著這兩個女人說過自家的壞話。

馬氏臉色不好的說道：「這是我們家生意，我們家想收誰家的菜就收誰家的菜，想不收誰家的菜就不收，妳們趕緊走，恕不招待！」

說完馬氏推攘著秋月嬸和春明嬸出了院子，秋月嬸一甩胳膊，大聲道：「妳們好樣的！呸！還說做生意收菜，我看妳們就是想白要村裡人的菜吧？還有妳們，巴巴地過來送菜，人家給不給錢都不一定呢，活該被騙！」

站在院子裡的嬸子臉色難看起來，人家現秤現給大家都看得一清二楚，這秋月嬸竟敢牽拖她們，身穿灰麻衣的嬸子怒道：「妳這張賤嘴得罪人，還敢詛咒我們？看我不撕妳了嘴。」說完那嬸子衝出去朝秋月嬸臉上撓去。

兩人瞬間扭打在一起，旁邊的人過去勸架，場面也變得激烈起來，這時候家家戶戶都醒了，還有前往唐老三家過來送菜的人，大家看著兩人打起來，越來越多的人在這裡湊熱鬧。

後來，不知道誰將村長請過來了，人群中有人喊道：「村長來了。」打架的眾人紛紛停下來，李多福從人群中走出來，皺著眉頭打量一圈眾人，問道：「怎麼回事，一大早怎麼打起來了？」

唐書瑤上前解釋說：「村長爺爺，事情是這樣的，因為秋月嬸和春明嬸在背後說過我們家的壞話，如今說開了也沒一聲道歉，還胡言亂語，我們家不想收她們的菜，畢竟這是做生意，也不是爛好心。書瑤剛才也好聲好氣地跟大家解釋，結果秋月嬸和春明嬸還詛咒其他嬸子，這位嬸子無辜挨罵，才會一時衝動跟秋月嬸扭打在一起。」

李多福點點頭，明白事情是怎麼回事，也記得唐老三找自己說過的話，便衝著打架的兩個人說道：「跟大夥兒說唐老三收菜的事時，我就告訴妳們，有那背後說過人壞話的，就不要去了，這事唐老三跟我說過，妳們也別埋怨人家，買賣本就是你情我願的事，誰讓妳們以前得罪過別人呢？妳們兩個也是，老實做好自己的事，沒受傷就趕緊回家吧。」

聽到村長說完最後一句話，秋月嬸低著頭眼神閃了閃，突然喊道：「哎喲喂，我這頭疼得要命，是不是讓這女人給打壞了？不行，村長您可得做主啊！是她先衝過來打我的，這事不能這麼算了。」

李多福眉頭一皺，不耐煩地問道：「妳這頭疼可是真的？」

秋月嬸眼神閃了閃，梗著脖子回道：「頭疼能有假？哎喲，我這頭疼得要命，村長，這事您不會不管吧？」

李多福聽完這話，臉色變得有些難看，這是公然質疑他，冷言警告道：「那好，現在給妳找個大夫，大夫要是說妳啥事都沒有，這問診錢妳自己出，若是腦袋有問題，那這錢就她付！」

剛才和秋月嬸扭打起來的另一個嬸子聽到村長說這話，衝著秋月嬸喊道：「秋月嬸，村長這話說得明白，我聽村長的，走，找大夫去！」

秋月嬸連忙揮開伸過來的手，著急道：「找啥大夫啊？這麼點小傷不至於、不至於！給點錢，吃點好的補補就行，不用那麼費事！」

那嬸子怒道：「我看妳就是在撒謊！秋月嬸，妳要是不敢找大夫看，就是想訛錢！」說完轉頭衝村長說道：「村長，大夥兒都在這兒呢，做個見證，這秋月嬸堅持不找大夫，我看就是心裡有鬼想訛我錢！」

李多福看著這場鬧劇心裡有些煩悶，這一大早他肚子還餓著呢，不悅道：「行了行了，大夥兒這麼多眼睛看著呢，別裝了，趕緊散了吧，早飯都還沒吃呢！」

人群中有人附和道：「可不就是？早就餓了！」那人剛說完，肚子就咕嚕咕嚕叫得很大聲，大夥兒哈哈大笑起來。

秋月嬸見著眼前的情況，恨恨地咬緊後槽牙，怨毒地瞥了一眼剛剛跟她扭打在一起的女人，隨即衝出人群大步離開。

第十九章

沒有熱鬧瞧了，沒事的人都回家了，剩下的人都在等著到唐老三家送菜。

訂製的桌子昨晚都已送到了鋪子，今日恰好是個好日子，一家人吃完早飯，將收來的菜都放到馬車上，一起去了鎮上。

早上唐文昊臨走前帶了幾個餅子留著晌午吃，因著家裡忙著開業，沒有時間給他送午飯，馬氏給他十幾個銅錢留著買飯吃，不過唐文昊堅持不要，非要帶餅子過去就行。

還是唐書瑤勸道：「大哥，你留著買點什麼吃，若是真用不上就留著，萬一遇上想吃的、臨時要買什麼也能有錢買。」

唐文昊想想也是，便沒有再拒絕。

待一家人到鎮上的時候，距離吉時還有半個時辰，全家人都開始忙起來，唐書瑤負責熬鍋底湯，唐禮義和馬氏忙著串菜，在家裡的時候已經將肉都串好了，現在就是串菜，唐文博跟著唐書瑤在一旁燒火。

唐書瑤看著唐文博坐在灶坑前看著火勢，會心一笑。

這幾個月唐書瑤每日都在教育唐文博，有時候會講一些寓言故事給他聽，講完故事再講講故事有什麼寓意。一開始唐文博被故事內容吸引，聽到講寓意的時候就不耐煩跑掉，如今卻能有耐心聽寓意，並且改掉很多不好的壞習慣，她覺得很欣慰。

不一會兒鍋裡飄出香味，唐書瑤餘光瞥到唐文博使勁吸著小鼻子，他這個習慣還是沒改，一聞到香味忍不住使勁嗅嗅。

唐書瑤笑道：「一會兒開鍋了，姊先給你下兩個菜吃。」

唐文博嘆了口氣，然後搖了搖頭。「那可是賣錢的，我不吃。」

「哦？真不吃嗎？」

唐文博猶豫了一瞬間，隨即堅定地點點頭。「不吃！姊妳不用勸我了。」

唐書瑤聳了一下肩，繼續手上的活。

吉時到了，全家人都站在鋪子門口，唐禮義上前點鞭炮，鎮上的人聽到聲音，紛紛趕過來湊熱鬧，鞭炮還沒放完，附近就聚集了很多人。

待鞭炮放完，唐禮義拉開牌匾上的大紅布露出老早就取好的店名「唐氏串串香」，臉上閃著興奮的光芒，看了一眼周圍，唐禮義緊張地搓了搓手，隨即大聲說道：「各位鄉親們，我們家今日開業，賣串串香，各位進來嚐嚐！」

唐禮義剛說完，人群中有人喊道：「啥是串串香？這個香味是你家飄出來的嗎？」

唐禮義擦了擦額頭上的汗，不知道該怎麼回答，唐書瑤看著爹爹的臉色，上前一步大方的說道：「各位叔叔、嬸嬸你們好，我們鋪子賣的串串香，是一種新出的吃食，大家可以進來看看，現在大家聞的味道也是我們串串香湯底的味道，大家聞著香，吃的時候會更香，歡迎大家進鋪子看看。」

有個老饕聞著味道，這肚子裡的饞蟲就被勾起來了，唐書瑤剛剛說完，他就迫不及待地走進鋪子，有客人過來，唐書瑤一家人也回到大堂裡面招待。之前在家裡的時候唐書瑤跟爹娘詳細解說了串串香，現在他們已經能很好地解答客人的問題。

那老饕穿得一身富貴，體型也是很富泰，聽明白串串香的價格，就直接點了三十個肉串，二十個菜串。

有第一個客人進來，接著就有第二個，第三個……看著大堂不到一刻鐘的時間就坐滿了，馬氏笑得眼睛快瞇成一條縫。

串串香的鍋底製作好了，其他就沒有什麼麻煩事，只要在後頭備串就行，每次客人來的時候，都會問一句吃辣湯還是不辣湯，有那不能吃辣的，就會給客人上清湯鍋。

第一個吃上串串香的老饕，被這味道驚豔到了，一邊吃、一邊搖頭晃腦，嘴上還不停地嘀咕。「好吃，不錯，味道香……」

其他後來沒吃上的，看著那人吃得這麼香，下意識地嚥嚥口水。

因為吃得方便，有些青菜放鍋裡一涮就能吃了，好多人都被這個速度驚到了，大堂裡聲音不斷，不過多數都是在誇串串香好吃。

這次串串香的訂價是，一個肉串五文錢，一個素菜二文錢，也有接受不了價格轉身離開的，但更多的還是選擇留下來的，唐書瑤他們家的串串香生意，自這一日起火爆整個景陽鎮。

日頭快要落下，店裡送走了最後一批客人，馬氏數算著銅板。「……八千九百七十二、八千九百七十三、八千九百七十四！」馬氏一臉吃驚地抬頭看著大家，沒想到一日竟然賺了將近九貫錢，都要趕得上半年租金了。

唐書瑤雖然知道串串香會大賣，但沒想到一日之內就能賣這麼多錢，畢竟這裡的人一文錢都是省著用的。不過轉念想到今日來了幾個大戶人家，家境殷實出手闊綽，一桌子就點了幾百串，因此才會賺得這麼多。

眼看著爹娘充滿希望的眼神，唐書瑤未免他們對今後太過期盼，說道：「爹娘，串串香是個新吃食，今日又是第一次賣，往後大家吃得多了，來的人就不會像今日這般多了。」

馬氏看著女兒的臉龐說道：「瑤瑤不用擔心，娘知道妳的意思，看來還是開鋪子好，要是推小推車來賣，這人都不夠買的，咱們可少賺不少錢啊！」

唐禮義在一旁默默地點點頭，今日他算是見識到這些老饕的大手大腳了，點那麼多串都不帶猶豫的，想到今日生意好，唐禮義對馬氏說道：「回去打點酒，今兒是個好日子，我也喝點。」

馬氏臉色一黑，不過看著這麼多銅板，難得揚起笑臉答應了孩子他爹的要求，一家人關上鋪子駕著馬車向家裡趕去。

因著家裡做生意需要用馬車，如今唐文昊都是走路去學堂，唐書瑤曾提議。「要不家裡再買輛馬車？」

唐文昊趕緊拒絕。「大哥能去學堂唸書已是非常好的事，若是害怕吃苦，那還不如不去唸書，往後還要參加考試，聽說考場更是艱苦，這點苦都吃不得，大哥還怎麼去考試，況且夫子也說過吃得苦中苦，方為人上人！」

唐書瑤打量著唐文昊，點了點頭。雖說大哥看起來已經比她初來時結實，但現在不用下地，在學堂光讀書，身體怕是又要文弱下去了，走著去也好。

這幾日天氣驟涼，唐書瑤恍然意識到原來中秋節快到了。安國的中秋節除了一家人在一起吃月餅外，鎮上還有中秋燈會，據說到了中秋這日，會有戲班子來到鎮上表演，街上很是熱鬧。

如今，唐氏串串香開業已經有半個月的時間，每一日大堂都坐得滿滿的，這些日子已經賺了八十貫錢，爹娘每日幹勁十足。

唐文昊見家裡的生意做得這般好，也終於放下了憂慮，自從家裡的包子生意被影響，加上又租了鋪子，他暗地裡憂心忡忡。生怕自己唸書這件事會加重家裡的負擔，對於唸書一事也是耿耿於懷，幸好串串香生意大賣，他也能徹底放下心來。

因著家裡有馬車，從鎮上回到家裡也就不到一刻鐘的時間，唐書瑤他們一家每日都會在酉時三刻關上鋪子。

今日唐禮義趕著馬車剛到家門口的時候，就聽到後面有聲音喊他，他向後一瞅原來是阿娘過來了。

唐禮義上前走幾步問道：「娘，這個時辰您吃晚飯了嗎？」

老太太拍拍小兒子的肩膀，笑著說道：「吃過了，我估算著時辰，知道你們這時候能在家，可真是巧了，才剛到就碰上你們回來。」

唐書瑤從馬車上下來，走到老太太跟前說道：「奶奶，咱們進去說話，您吃了嗎？要是沒吃我現做些。」

老太太看到小孫女過來，笑著擺手。「奶奶吃過了，走吧，進院子說。」

唐禮義將馬車安頓好，唐書瑤給奶奶搬了一個小板凳，院子裡面敞亮，這時候還不太冷，一家人平日喜歡待在院子裡閒聊幾句。

老太太坐下來認真打量了一眼小兒子一家人的臉色，看著他們面色紅潤，心底知道他們最近過得不錯，很是欣慰，老太太笑著對唐禮義說道：「我過來也沒啥事，就是跟你們說一聲，中秋那日別忘了回來吃飯。」

這些日子忙得唐禮義都忘了中秋節一事，老太太一說，他才反應過來，趕緊開口應道：「哎，本就該過去看您的，您不說，我們也要去。」

老太太笑著點點頭，她也是沒什麼事就想著過來看看，反正距離不遠，要不在家裡也是聽大房的吵架聲，想到這裡不禁嘆了一口氣。

唐禮義擔憂地問道：「娘，您怎麼了？」

老太太擺擺手。「沒啥事，看見你們現在過得好，我這心裡就舒服，對了，有個事跟你們說一聲，就是文傑媳婦有喜了。」

唐禮義和馬氏相互對視一眼，馬氏笑道：「那可是好事，到時候我們也帶點好吃的過去。」

老太太搖頭。「你們留著自己吃就行，她啊，現在回娘家去了，還說頭三月不讓人說，可我這看見你們了，就想告訴你們一聲，都是喜事，讓自家人高興高興。」

聽老太太這話，應該是文傑媳婦有些介意這事，之前家裡誰有喜事的時候，都是先告訴自家人，以免磕著碰著了，但不會告訴外人，直到過了三月，這胎坐穩了，才會將這喜氣傳出去。恐怕娘也是想著小兒子是自家人，不是外人，才會說出來。

馬氏應道：「娘您放心，我們不往外說。對了娘，中秋節文傑媳婦可要回來？」

老太太沈默半晌，說道：「可能不回來了，走之前就說了怕來回折騰，待三個月後再回來。」

唐禮義和馬氏面面相覷。在村子裡這麼久還沒聽過誰家的媳婦因為這事就回娘家待這麼久的，這未免有些太過了吧？不過這畢竟是大房的兒媳婦，他們也不好指指點點。

唐禮義安慰說：「文傑要是不說啥，娘您就當沒看見，這都是小輩的事，您別想太多。」

老太太聽著小兒子的話心裡頗為感動，這是她第一次從小兒子嘴裡聽到這種話。其實今兒過來也是因為長孫媳婦有喜就回娘家待著，她是特來通知喜訊，但說實話，這個孫媳婦娶回來平日就是供著的，也不知他們老唐家做了什麼孽，竟娶回這樣的長孫媳婦。

看到小兒子不僅日子過得好了，還變得會安慰人，老太太笑了笑說道：「我哪有心思管那個？他們小輩的只要不作，我老太婆就睜一隻眼、閉一隻眼湊合過唄，都活了這麼久了，有什麼想不開的？」

唐書瑤聽到奶奶的話，又看著奶奶的白頭髮，輕聲說道：「奶奶還年輕呢，您還要看小弟成婚呢。」

「瑤瑤說得是，我老太婆還得看小孫子成婚才行。」老太太看著文博臉上笑開了花。

中秋節前一日，唐書瑤他們特意跟過來吃飯的人說明日會休息一日，因為中秋團圓節，大家也能理解。

中秋這日早上家裡人吃過早飯，一起到了老宅這裡。

一進院子就看到爺爺、奶奶在院子裡曬太陽，唐書瑤笑著走到奶奶面前，親切的打了一聲招呼，老太太看著小兒子一家過來了，嘴角的笑容深了深。

中秋節是很重要的節日，不管有多忙，一家人都會聚在一起吃一頓飯，也算是這裡的一個習俗。唐書瑤打量著大伯母的神態和之前沒什麼兩樣，心裡有些納悶，不是說大伯母有點不正常了嗎？

「大伯母很奇怪吧！」唐書瑤聽到耳邊傳來的聲音，回頭一看原來是三堂姊，問道：「怎麼？難道妳知道什麼？」

唐書蘭戲謔道：「知道又怎樣？我又不會告訴妳！」

唐書瑤無語地搖了一下頭，這行為真是有夠幼稚的，她仔細瞅了一眼三堂姊，見唐書蘭眉眼間的陰鷙少了許多，臉上的笑容也比以前真實多了，猜想這次分家擺脫了奶奶，二房一家應該過得很好吧。雖然二房沒有像自家一樣做生意，但是以二伯的勤勞踏實，養家餬口肯定是綽綽有餘。

唐書瑤笑道：「三姊妳比以前好看了許多。」

唐書蘭翻了個白眼，說道：「妳不要以為奉承我，我就會跟妳玩，我可告訴妳，我不是特意找妳說話的，就是看妳一個人在這兒比較孤單罷了。」

唐書瑤笑了笑，沒有揭穿她的小心思。若是面對以前的唐書蘭，唐書瑤肯定是不想搭理對方的，誰都不想跟一個整天陰鷙的人在一起，畢竟負能量太多也會影響自己的心情，只是如今的唐書蘭少了鬱氣，卻是一個性格有點傲嬌的小姑娘，畢竟是親人，唐書瑤自是願意和她相處的。

這一次的團圓飯，唐書瑤他們幾個小輩都是在一旁打下手，王氏、劉氏和馬氏三個妯娌聚在一起，劉氏本就是沈默寡言的性子，以前王氏和馬氏經常會拌嘴，如今王氏變得沈默，馬氏還有點不適應，不過想到大哥那件事，便忍住想要說話的嘴。

而來之前唐書瑤以為這次來大房會發生一些不愉快的事情，沒想到一切都挺順利。

飯桌上，老爺子看著小孫子、小孫女，樂道：「書瑤、文博，你們姊弟倆這些日子瘦了不少，是不是幫著你們爹娘做活了？」

唐書瑤打趣回道：「爺，您肯定沒認真看，文博臉明明圓了一圈！」

「姊，我哪有！」唐文博立刻出聲反駁。

老爺子笑了起來，這些日子家裡整日都是吵架聲，看著小孫子、小孫女說笑的樣子，那種家的氛圍又回來了。

第二十章

此時坐在唐書瑤對面的唐書夏，臉色有些難看，自從分家以來，爹娘都在準備大哥的婚事，姊姊也在屋裡忙著練習繡技，只有她一人在家裡幹活。

她以為嫂子嫁進家裡，自己能輕鬆點，可是沒想到嫂子身體嬌貴，從不做農活，娘也不敢使喚大嫂；後來爹出了那件事，娘就變得神經兮兮的，家裡的重活徹底落在她頭上，誰讓娘親變得不正常後還是只維護姊姊，不許她做活傷了手，家裡做飯、洗衣服、餵雞這些事都落到她頭上。

看著唐書蘭和唐書瑤過得那麼如意，唐書夏心裡就難受極了。憑什麼同是一家人，只有姊姊不需要做活？憑什麼都是姓唐的，只有她活得這麼辛苦？

唐書夏心裡憤憤不平地想著，眼神也變得逐漸陰鬱。

老太太看見這個孫女的眼神，臉上的笑容逐漸消失，心裡重重地嘆了一口氣，說到底分家這件事還是大房做錯了，爹娘不可靠，一碗水又端不平，這孩子也變得有些偏執，她真有些擔心老大一家。

又瞅瞅自己的小孫子、小孫女，老太太的心總算得到安慰，說道：「你們好久沒過來，多吃些菜，小孩子多吃點才能長大、長高，尤其是文博，可不能挑食，奶奶看你都沒挾幾口菜，是不是不合胃口？」

「沒有沒有，奶奶您多吃點，奶奶牙口不好，您吃這個。」說著唐文博將自己前面的這道菜推到奶奶前面，轉頭看著姊姊滿意的神色，嘴角扯出一個笑容。

老太太大笑道：「這是誰家的小孫子啊！這話說的，我老太婆愛聽，不愧是咱唐家子孫，瞧瞧這多懂事。」說完老太太挾著小孫子推過來的菜，眼裡的笑意也越發加深。

唐文博看著奶奶的臉色，笑咪咪地說道：「奶奶，您快吃，多吃些。」

「好好好，聽你的話，奶奶多吃些。」老太太這頓飯吃得比平常多了半碗，這心情舒暢，胃口就好了不少。

吃過飯後，唐書夏在院子裡攔下唐書瑤，冷冰冰地問道：「經常找妳的那位公子叫什麼？」

「什麼？」唐書瑤有些不解道。

「就是經常在你們那兒買包子的那位公子，唐書瑤，別跟我說妳不記得了。」唐書夏語氣不善地說道。

唐書瑤看著眼前攔著她的二堂姊，說道：「妳問這做什麼？」

「趕緊說，別廢話。」唐書夏皺著眉頭，一臉不耐煩的模樣。

「妳問我，難道我就要回答嗎？而且我哪知道妳說的是誰？每日過來買包子的人那麼多，我哪記得！」唐書瑤被對方理所當然的語氣氣笑了，雙手一攤，一臉無辜的說道。

「妳！」唐書夏瞇了瞇眼，憤憤地磨了磨後槽牙。

就在這時唐書蘭走過來說道：「二姊這是又在欺負書瑤？」

唐書夏直勾勾地盯著唐書蘭走過來。「怎麼？妳們姊妹情深？」

「誰跟她姊妹情深！」唐書蘭一口否決道。

唐書夏不屑的撇撇嘴，冷笑道：「那妳這是過來做什麼？難道是像以前一樣，像個土狗似的過來湊熱鬧嗎？」

聽著唐書夏出口侮辱，唐書瑤的臉色徹底冷了下來。「二姊這是在哪裡過得不如意，只能在咱們姊妹這裡撒氣，今日可是大好的日子，我也不想在這裡找不痛快，話不投機，我先走了。」

在唐書夏問話的時候，唐書瑤心裡想到的人就是裴嘉哲，畢竟只有他的相貌才會引得二姊來追問，不論在什麼地方，人們都偏愛外貌好看的人，這裡的人也不例外。

就像大堂哥偏袒大堂嫂，除了大堂嫂的身分高，也是因為大堂嫂長得好看，不然大堂哥被傳出怕媳婦的名聲，早就該惱羞成怒了。

在大房這裡待了一個多時辰，唐書瑤一家就回到自己家裡，晚上還要去燈會，在屋裡睡一個午覺，下午起來的時候馬氏和唐書瑤就一起準備晚飯。

今日過節，昨日他們買了一些月餅，上午去大房的時候也帶了一些過去，昨日唐禮義去接唐文昊的時候，也順便給夫子送了一些月餅，只是送夫子的月餅不是在鎮上買的，而是在縣城買的。

節日就要吃得豐盛些！

馬氏看著籠子裡的雞，準備宰了一隻晚上燉上，轉身看著女兒走過來，趕緊攔道：

「瑤瑤快進屋，殺雞有些血腥，妳快進去，別在院子裡待著。」

唐書瑤無奈只好聽話地回到屋裡，其實她想說她不害怕，畢竟在末世殺喪屍比這還要噁心血腥，只是看著娘親臉上的擔憂，她到嘴的話又嚥了回去，對於娘親的好意她不忍反駁，心底微暖。

據說鎮上的燈會，酉時就會開始，馬氏和唐書瑤一下午都在廚房裡忙著準備晚上的菜餚。中秋節桃花村的習俗，除了早早吃晚飯去鎮上看燈會，晚上回來的時候也要吃一頓，只要不下雨，家家戶戶都會在院子裡擺上一桌子，梁上掛著燈籠討討喜氣，一家人坐在一起吃著月餅，順便賞月。

此時唐書瑤他們終於吃上了忙碌一下午的成果，有燒雞、串串香、鶴子羹、肚肱膾、鴛鴦炸肚等十個菜，取中秋月圓、十全十美之意。

「嗝～～」唐文博小身子向後一倚，舒服地打了一個飽嗝。

全家人見了都忍俊不禁，接著一家人收拾收拾去了鎮上。

唐書瑤剛走到鎮上，都有些不敢相信這竟然是景陽鎮，只見街道上的人熙熙攘攘，有表演雜技的，有賣花燈的，不遠處竟然還有擂臺比武的，走近了一打聽，竟是鎮上的孫家要比武招親。

唐書瑤第一次見識到比武招親，她以為這只是連續劇杜撰的事情，沒想到在這裡會遇到。那婆婆解釋，這孫家是開鏢局的，只有這麼一個女兒，比武招婿說得好聽，其實也是招贅。

唐書瑤有些驚訝。一般上門招贅的很少嗎？怎麼會這麼熱鬧？

婆婆繼續說道：「那孫家的鏢局去年接了一趟大的，據說賺下上百兩銀子，這麼多錢，那家裡兒子多的，自然不在意上門女婿的身分，這不都去試試嘍！」

唐書瑤點點頭，沒想到這裡面還有這種事，說穿了一切都是為了錢，上百兩銀子對於一般人來說就是天文數字，而對於孫家來說，就是一個合心意的上門女婿，畢竟這裡是他們的家鄉，即便賺了這麼多錢，他們也只是想給女兒找個可靠的女婿，大概學武的人的思維裡，就是拳頭大才有本事吧？不然也不會要比武招婿。

看到一旁有賣糖人的，唐文博拽了拽姊姊的胳膊說道：「姊，我想吃糖人。」

唐書瑤低頭瞅著弟弟眼巴巴的眼神，便忍不住答應他，她扭頭朝著爹娘說道：「爹娘，我去那邊買糖人了啊。」

「去吧去吧。」說完馬氏準備掏錢給唐書瑤。

唐書瑤忙攔住娘親的動作。「娘，您別拿了，我有。」說完便向賣糖人的地方走去。

一個糖人是五文錢，唐書瑤痛快給錢買了一個，周圍圍了很多人，但大家都是圍過來看看，真正買糖人的並沒有多少，很快她買的糖人就做好了。

唐書瑤回頭往人群一瞅，就看到爹娘，走過去才發現爹娘的臉色很是難看，仔細一瞅才發現小弟不在，她趕緊跑過去問道：「爹、娘，小弟呢？」

馬氏神情焦急又愧疚地說道：「我明明抓住妳弟弟的手，怎麼會不見了呢？這可怎麼辦，不會讓拍花子抓走了吧！」說完馬氏眼眶微微泛紅。

他們剛剛問了一圈的人，誰也沒看見唐文博的蹤影，又生怕女兒也出事，不敢離得太遠，這下子夫妻倆都手足無措起來，唐文昊剛巧也走回來，搖了搖頭表示沒找著。

唐書瑤心裡一緊。在這個沒有網路通訊、沒有監視攝影機、沒有警察的世界，若是小弟被人抓走，那就是一輩子都見不著面。

唐書瑤趕緊說道：「爹娘，你們不要擔心，小弟可能是被人群擠走了，咱們現在分頭去找，兩刻鐘回到咱家的鋪子等消息！」

唐禮義和馬氏點點頭，事情發生得太突然，加上剛剛問了周圍一圈的人，都說沒有看見，他們也是慌了神，剛巧閨女回來提出辦法，他們趕緊應下。

唐禮義、馬氏、唐文昊還有唐書瑤分別向四個方向找去。

小鎮並不大，這些日子唐書瑤也將整個鎮子的路都記熟了，她向那些偏僻巷子跑去，從她買糖人到現在時間不超過一刻鐘，所以最大的可能性就是在鎮上某個角落裡。

唐書瑤邊跑邊想著，就在這時她因為跑得太快撞上了一個嬸子，那嬸子揹著熟睡的小孩，嬸子被唐書瑤撞得一個趔趄，可是那小孩卻仍然在睡覺，唐書瑤心裡感覺有些不對勁，但是說不上來，直覺想著拖延一下時間。

唐書瑤緊緊地抓著嬸子的胳膊，嘴上說道：「對不起、對不起，嬸嬸有沒有撞疼妳？要不妳跟我去醫館找大夫看看吧？」

說完唐書瑤就想拽這個嬸子往前走，那嬸子趕緊拒絕道：「小姑娘不用不用，上什麼醫館啊？小姑娘趕緊看燈會去吧。」

唐書瑤繼續勸說她，此時那嬸子一臉焦急地向右看去，唐書瑤順著她的視線發現一個男人正在盯著她們，突然腦子裡靈光乍現。

唐書瑤仔細打量著這嬸子揹的孩子，發現那孩子皮膚白皙，眉眼精緻，一看就是大戶人家精心教養的孩子，即便是穿了一身粗布麻衣，也遮蓋不住小孩身上的貴氣。越是觀察，她越是不能相信，這個小孩會是眼前這個嬸子的孩子，實在是太過格格不入。

那嬸子態度堅決，唐書瑤沒再繼續糾纏，在那嬸子轉身離開後，她才悄悄跟了上去，同時也注意著剛才那個男人的情況，那個男人和那個婦子隔著一些距離，兩人不遠不近地走著，她不禁懷疑這次的人販子恐怕有很多人。

唐書瑤一路跟著他們進了一個破院子，院子周圍是很高的圍牆，周圍沒有幾戶人家，幸好在一側的圍牆旁邊還有一個大樹，只要爬到樹上就能跳進院子裡。

唐書瑤爬到樹上細聽，聽到裡面隱隱傳來的哭聲，而院子裡站了兩個中年男人，一個人左眼有一道長長的刀疤，另一個臉圓圓的，是那種給人很有好感的長相，兩人正在院子裡吃東西。

唐書瑤又跑到院子後方，藉著旁邊人家的圍欄爬上了牆，戳開窗戶紙發現裡面有十幾個小孩，大都是三、四歲左右的孩子，可惜這裡面並沒有小弟，看到這裡唐書瑤不禁焦急起來。

這可怎麼辦，難道人販子不只這一夥人？

想到這裡唐書瑤難以抉擇，若是她現在去救這些小孩，那她就會錯失找到弟弟的最好時機，往壞處想很有可能一輩子都見不到面。

可是若不救這些孩子，那他們以後的人生，肯定過得不幸福，她不知道人販子究竟會將這些孩子賣到哪裡，可是不管是什麼地方，都是一輩子要揹負著奴隸的身分，地位低下。

唐書瑤面對這兩件事的選擇，心裡有些難受，她有些不忍心這些孩子被賣掉，若是沒有見到便罷了，畢竟自己的弟弟更重要，只是如今她看著這些稚嫩的臉龐，她的心有些酸澀，一時間有些猶豫。

就在這時屋子的門被打開，唐書瑤看到一個男人將自己的弟弟扔到屋裡，幸好她沒有直接離開，要不然就錯過了這一幕。

唐書瑤不再耽誤時間，她從空間裡拿出一把刀來，跑到前院直衝進去跟這些人扭打在一起。因為異能的原因，唐書瑤的身體雖然還是個小姑娘，但素質和反應速度都很快。

幾個人販子見到一個小姑娘衝過來，不屑地笑了笑，又見著小姑娘的容貌，心裡不禁起了淫慾，刀疤男冷笑道：「小姑娘這是想投懷送抱啊？哥幾個今晚享受享受！」

其他人販子跟著大笑起來，一開始院子門被踹開的時候，他們都嚇了一跳，看見只有一個小姑娘帶著刀闖進來，所有人都沒有當回事，只有剛剛被唐書瑤撞的嬸子臉色有些難看。

她沒想到這小姑娘這麼聰明，竟然敢一路跟蹤他們，聽見當家的話，那嬸子嘴角勾起一個冷笑，真是天堂有路妳不走，地獄無門妳偏要來！

所有人都沒有將唐書瑤當一回事，畢竟一個小姑娘能有多大力氣？

直到唐書瑤將一個男人砍了脖子，這些人才認真起來，刀疤男的臉黑了下來，罵道：「呸！這小娘皮有兩下子。兄弟們上！給老二報仇！」

第二十一章

唐書瑤身子還小，面對多人感覺到有些吃力，不過除了身手，她還有雷系異能，也能應付，畢竟在末世的環境比這兒還要艱難，時刻都要注意著不能被喪屍抓傷，也是此時這些人販子才意識到這小姑娘居然滑不嘰溜的，沒有人能抓到她。

這些人販子徹底被激怒，一開始老二被對方傷到，他們還能安慰自己是他們自己大意了，可是如今發了狠想要抓住她，結果還是沒能抓到。

這些人一開始的本意就是抓住這個小姑娘，好讓他們今晚能爽一爽，見到老二被砍傷了脖子，他們就想抓住小姑娘將她送到青樓裡受盡折磨，可是現在被打出了火氣。

在另一個他們的人倒下後，刀疤男喊道：「都別留情，一起上，給我殺了她！」

現在他們只想殺了這個小姑娘來給他們的兄弟報仇，幾個人販子鼻尖冒了汗，越打越是心驚，他們動手這麼半天都感覺有些累，這小姑娘居然沒有任何變化，他們此時隱隱有些害怕。

唐書瑤集中注意力，身體跟隨著本能，將刀覆上隱隱一層雷電專注進攻，如今她的眼裡只知道躲避、殺人，根本不知道疲乏，此時院子裡只剩三個人販子。

其中那個孀子有些害怕地向後躲了躲，唐書瑤注意到右後方的氣勢變弱，急速向前衝去，使勁砍了下去，那孀子被嚇得當場失禁，昏了過去。

刀疤男破口大罵。「廢物！都是廢物！老五給我上！」

唐書瑤感受左面的氣流強勁，向後一躲，那個人販子老五一個趔趄摔倒在地上，她被剛剛那股難聞的味道喚醒了神，才感覺到自己的體力有些不支，那刀疤男看著唐書瑤慢了一拍，臉上大喜，趕緊衝過去。

唐書瑤危急之下不再掩藏，直接使用了異能，刀疤男瞪大眼睛不可置信地被劈傷了頭倒在地上，剛剛摔倒的老五則尖叫一聲「怪物」，趕緊爬起來向外跑去。

唐書瑤不想自己的秘密被人發現，也衝他揮出雷電，老五整個身體抽搐了幾下倒在地上。

唐書瑤徹底鬆了一口氣，趕緊打量了一眼周圍，確定附近無人，將自己的刀收起來，又順手搜刮了這些人販子的銀子，這也是她末世養成的一個習慣，因為末世資源緊缺，若是有人變成了喪屍，先前留下的食物其他人就會瓜分。

此時唐書瑤將這些人的東西搜刮一空，又將他們的屍體處理一番，一起堆到另一間屋子，將屋裡點起火，才跑到小孩的那間屋子。小孩們有的醒了，有的還在昏迷，都被綁著手腳，看見她進來有些害怕。

唐書瑤儘量使自己的臉色和善些，說道：「我是來救我弟弟出去的，一會兒幫你們解了繩子，你們不要亂跑，若是壞人回來，姊姊打不了壞人，到時候咱們都要被抓走！」

小孩們點點頭，唐書瑤趕緊解開唐文博的手腳，使勁地搖晃他。「文博？文博！」喊了幾聲看文博沒有反應，又趕緊解開其他人的繩子，被解開的小孩幫她一起解開其他人的繩子。

幸好小孩們都很懂事，沒有哭鬧，現在有三個孩子還在昏迷，唐書瑤自己可以揹著唐文博，但是其他人揹不動。幾個小孩一起幫著唐書瑤將昏迷的孩子抱到院子裡，使勁地搖晃他們，有一個醒了，但兩個還昏著。幸好唐書瑤看到院子裡有井，趕緊提了一桶水將孩子潑醒。

唐文博被冷水一刺激，身體下意識打了一個寒顫，睜開眼睛看到姊姊，大哭道：「姊、姊，妳真的來救我了，我以為再也見不到妳了！」

唐文博抱著姊姊就不撒手了，他剛剛作了一個特別真實的噩夢，夢到自己被壞人抓走，做了奴隸，日日吃不飽飯，還要挨鞭子，實在是太恐怖了，見到姊姊過來救他，唐文博激動得不行。

唐書瑤拍了拍弟弟的腦袋，連忙勸道：「別哭了，現在趕緊找爹娘，這些孩子跟你一樣被人抓走，咱們還得幫他們找回爹娘，快別耽誤時間了，壞人還會回來呢。」唐書瑤刻意嚇唬了唐文博，不然見他光顧著哭，這天馬上就要大黑，到時候這麼多小孩，她也保護不了。

聽著姊姊的話，唐文博止住了哭泣，看著周圍一群比自己還要小的孩子，唐文博不由得感到一絲羞恥，他們都還沒哭，自己就哭得這麼難看，不過眼下也沒有給他羞恥的時間，大家快速地向外面走去。

唐書瑤讓這些孩子手牽著手，防止再走丟。經過被壞人綁架，這些小孩子們也徹底害怕了，唐書瑤說什麼他們就跟著做什麼。

剛剛轉過一條街，迎面就見到裴嘉哲後面跟著兩個衙役，裴嘉哲看到唐書瑤，趕緊跑過來問道：「書瑤，妳沒事吧？」

唐書瑤搖搖頭，看著他身後的兩個衙役，心頭一緊，想到自己剛剛殺的那些人，也不知道此時火燒得怎麼樣。

唐書瑤問道：「你們怎麼會來到這裡？」

「我今晚才知道我爹他們有行動，白日我爹接到消息，有一夥人販子來到臨溪縣，加上中秋燈會人多，正是人販子動手的好時機，我爹他安排了人在縣裡巡邏，我想到你們肯定是去鎮上看燈會的，就讓我爹給我兩個人來鎮上找你們。」裴嘉哲趕緊解釋道，他也是晚上才知道消息，要不然肯定會早早地來告訴唐書瑤，深怕唐書瑤會誤會自己沒有及時告訴她。

唐書瑤點點頭，明白對方的意思，扯了扯手中的孩子說道：「我小弟今晚就被人販子抓走了，我跟蹤他們找到位置，趁著他們不在的時候，才將他們救出來。現在有這麼多孩子，你們快點帶他們找到爹娘吧！都過去這麼長時間了，孩子的爹娘肯定是找瘋了。」

裴嘉哲擔憂道：「妳自己一人救了他們？妳有沒有事？」

唐書瑤搖搖頭，今日讓她回想起前世的險惡，她並不想提人販子的事，催促道：「這些孩子太小了，還是趕緊找回他們的爹娘吧，也不知道那些人販子給他們餵過什麼，還是找個大夫看看比較好，我一個人也沒有辦法幫他們，你看這怎麼處理？」

裴嘉哲應道：「我跟他們一起幫忙，今晚肯定能找回他們爹娘。」

裴嘉哲說完就吩咐兩個衙役，讓他們帶著這些小孩去街上找大人，此時只剩下裴嘉哲、唐書瑤和唐文博三人。

裴嘉哲問道：「那些人販子在哪裡？」

唐書瑤沈默半晌不答，裴嘉哲嘆了一口氣，說道：「我知妳剛才是想轉移我們的視線，現在沒有其他人在，書瑤妳要相信我，我是不會傷害妳的。」

裴嘉哲這般追根究柢，讓唐書瑤隱隱不適，勉強說道：「我剛剛太著急了，那些人販子就是在這附近的一個破院子，好像那些人要出去買些吃的，我才有機會救下他們，我也不記得剛才那個院子在哪兒，要是再過去找，肯定能找到，可是我小弟他被那些人販子迷昏，我擔心他身體，還有我爹娘還在等著呢，我怕爹娘太著急出什麼事。」

看著唐書瑤解釋了一大堆，卻終究沒說出那些人販子如何，看來唐書瑤不相信他。裴嘉哲內心有些失落，卻是沒有繼續勉強她，陪著她回到了鋪子。

此時唐禮義他們剛剛回到鋪子，看著其他人一臉失望地回來，唐禮義、馬氏和唐文昊心裡都很難受。就在這時，唐書瑤帶著唐文博出現了，馬氏聽到聲音，看到唐文博出現，趕緊衝過去緊緊地抱住唐文博。

眼淚撲簌簌地掉了下來，哽咽道：「娘的兒啊，娘的兒啊！」

唐文博被娘親的情緒感染，本就受驚的心在感受娘親的懷抱後鬆懈下來，也開始嚎啕大哭，很快屋子裡哭成一片，裴嘉哲看著唐書瑤一家的情況，知道自己不方便繼續待在這裡，便提出告辭。

唐書瑤出去送了一下裴嘉哲，裴嘉哲乘機對唐書瑤承諾，這件事不會扯到她頭上。

唐書瑤估計小院子現在的火勢很大，痕跡應該燒得差不多了，這才露出笑容，對他說出那棟小院子的位置。待會兒裴嘉哲肯定會帶著人過去搜查，就算他承諾，難道其他人不會起疑？她還是得保險一點。

中秋節過去兩日的時間，鎮上才有消息傳出，唐氏串串香家的女兒，幫助衙役救回了被人販子搶走的孩子，那些找回孩子的人家，終於得知救命恩人是誰，便帶著禮物到唐書瑤家裡上門答謝。

家裡面比較富裕的，直接送了十兩銀子以表謝意，而家裡比較困難的，便送了一筐子雞蛋，不管送的是什麼，都是一份感激的心，唐禮義也都認真收下。

在鎮上流傳出這個消息後，許多人慕名來到唐氏串串香，就是為了沾一沾唐書瑤身上的福氣與好運。救下十幾個孩子免遭厄難，可是天大的功德，這個世界的大多數人認為，擁有這種大功德的人，身上必然是有福氣的。

唐書瑤也因為這件事徹底出了名，人一出名，她的過往身世也被人扒了出來，人人都說，唐書瑤的爹娘，是因為唐書瑤身上的福氣，才會變成今日這樣勤奮，越是這樣流傳，大家越是相信。

尤其是桃花村的人，他們可是親眼見過以前的唐禮義和馬氏，可是村裡有名的懶漢，如今在鎮上做上生意，可不就是因為唐書瑤嗎？

若是有人辯駁。「那這孩子前幾年怎麼沒帶來福氣？」

便有人辯解道：「是那老唐家壓制她，這不一分家，唐書瑤身上的福氣沒人壓制，可不就是有用了唄。」

這話一出，眾人紛紛相信，也因為這件事，大房一家的名聲變得不太好，畢竟大夥兒都知道這分家可是那大房提出來的，而且現在大房的日子過得不太好。

王氏變得神經兮兮的，那長孫娶的媳婦也是個不服管的，跑回娘家這麼久都沒見回來，可不就是個攪家精？看看他們哥兒幾個分家後的情況，大夥兒更是相信以前是大房壓制了唐書瑤的福氣。

這日酉時，唐文昊從學堂回到家裡，將手裡的花燈遞給了小妹。

唐書瑤一臉不解地接過花燈，問道：「大哥，這是你買的嗎？」

唐文昊搖搖頭，解釋道：「這是裴嘉哲讓我轉交給妳的，他說中秋節那日沒能幫上妳的忙，送妳一個花燈，希望妳原諒他。」

唐書瑤微微蹙眉，不明白裴嘉哲什麼意思，中秋節那日已經答應過自己，處理好人販子的事，她聽著鎮上的傳聞，知道對方已經盡力了，怎麼還會送自己花燈？

此時唐文博跑到唐書瑤身邊，自從被人販子抓走後，他就開始黏著姊姊，在姊姊身邊，他才有足夠的安全感，一會兒見不到姊姊，心裡就有些害怕。看到姊姊手上拿的花燈，唐文博感嘆道：「哇，好漂亮！」

「喜歡，你就拿著玩吧。」說完唐書瑤將花燈遞給唐文博。這兩日她也察覺到小弟的狀態有些不對勁，大概是上次被人販子抓走，小弟心中留下了陰影，若是小弟一個人待在屋子裡就會變得焦慮不安。

唐書瑤雖是心疼唐文博，卻也不知道該怎麼疏導他，只能儘量滿足他的需求，見他喜歡花燈，她毫不猶豫地將花燈遞給他。

現在唐文博成了家裡的寵兒，爹娘對於唐文博也是特別關心，每日想著給他做些好吃的，即便是這樣，他也沒有變得驕縱，反而更加懂事，每次吃完飯都會搶著洗碗，平時也只是圍在唐書瑤身邊轉。

家裡人見到唐文博這個樣子，心裡都很難受，反倒希望他像以前那樣頑皮跳脫。尤其是馬氏，她身上掉下來的一塊肉，經歷過那種痛徹心扉，馬氏在夜裡常常哭泣。唐禮義默默地抱著馬氏，拍了拍她的後背，馬氏靠在唐禮義懷裡嗚嗚哭起來，一時間唐書瑤家中好像籠罩了一團烏雲，每個人的心情都很低落。

第二十二章

「什麼？」馬氏驚訝道。

這一日太陽下山，老太太來到小兒子家裡，將孫媳婦落胎這件事告訴他們，一開始她對於孫媳婦這一胎很是期待，可是看孫媳婦自嫁入他們家，也沒做過什麼活，懷孕之後更是理直氣壯地使喚她的愛孫，她對於孫媳婦也變得有些厭煩。

加上孫媳婦知道自己懷孕後，就急吼吼地要回娘家養胎，撇下家裡的一切不管不顧就走了，她對於這個孩子也沒有了熱情。如今得知這一胎沒了，老太太心裡倒是吐出一口鬱氣，尤其是見著孫媳婦臉上總算沒有了那股瞧不起人的神態，老太太對於那個還沒出生的曾孫倒是沒有幾分難過。

家裡都是大房的人，老二一家子又都是悶葫蘆，老太太心裡憋著這件事想跟人說說，這才想著來小兒子家裡傾訴。

老太太臉上沒有什麼難過的情緒，她早就看透孫媳婦那個人，現在孩子沒了，身上那股傲勁也消失了一半，這樣也好，可以安安分分在家裡過日子，老太太心裡這樣想著。

馬氏和唐禮義面面相覷，沒想到姪媳婦這次回家養胎也不安分，中秋燈會出去遊玩，居然被人衝撞落了胎，馬氏對這個姪媳婦的闖禍能力有了新的認知。

唐書瑤在心裡暗暗驚訝，不僅驚訝大堂嫂落胎這件事，還驚訝於奶奶的臉色。奶奶似乎沒有太傷心，隱隱地感覺好像有點高興？

唐書瑤搖了搖腦袋。她怎麼會有這種錯覺，再怎麼說這也是奶奶的第一個曾孫，肯定是她想錯了。

「姊，妳在幹麼呢？」唐文博歪著腦袋問道。

唐書瑤聽到唐文博的話，回過神來，看著爹娘，還有奶奶都在盯著自己，趕緊將那種想法拋在腦後，扯著嘴角笑道：「沒什麼，沒什麼。」

馬氏扭過頭嘆道：「燈會那日確實人太多。」說完這句話她的臉色變得有些難看，因為她又想到文博失蹤的那一刻，她的心有多麼痛苦。

唐禮義看著自己媳婦的臉色，便知道對方想到了那件事，他們並沒有將此事張揚，現下自然也不想細說，便拍了拍她的肩膀安慰。

老太太還以為兒媳婦是在可惜那個孩子，便沒有接話。

一時間，院子裡的氣氛有些凝重。

就在這時，唐文昊開門走進院子，老太太聽到聲音一看，樂呵呵地說道：「哎喲，文昊這是從學堂回來了？」

瞧著這個孫子氣質越來越好，老太太打心裡覺得她這個孫子會有大出息，看文昊的眼神也越發柔和。

唐文昊走過來柔聲說道：「奶奶您來了。」又向著唐禮義和馬氏點點頭。「爹娘，我回來了。」

老太太誇道：「文昊這是越來越俊了，跟奶奶說說，在學堂怎麼樣？那夫子嚴厲不？」

唐文昊笑道：「在學堂一切都好，夫子他很認真，有時候還會提出問題讓我們回答。」

「那你能答上來不？」老太太湊近身子追問道。

唐文昊沒說大話，而是一板一眼地說道：「夫子提出的問題，都是上一堂課讓我們重點摘抄的，只要按著夫子說的去做，都可以答上來。」

雖然沒太聽懂寶貝孫子說的話，不過不妨礙老太太誇獎道：「哎喲，我孫子就是厲害，你們瞧瞧，不只長這麼俊，還能答上夫子的問題，太厲害了！」

唐文昊被老太太誇得有點不適應，耳朵悄悄地紅了。

看出大哥的窘態，唐書瑤不厚道地笑了笑，隨即起身過來解圍。「奶奶，大哥他還要完成夫子布置的作業，讓他去屋裡繼續唸書吧。」

「好好好，快去快去。」說著老太太衝著唐文昊揮揮手，示意他趕緊進去，唐文昊感激地對小妹點點頭。

眼看著天色有些黑，老太太便跟老三一家提出要回去。

「娘，要不您今晚就在這兒住下，明早再回去，家裡也有空屋子，讓孩子她娘收拾就能住。」唐禮義對著阿娘說道。

老太太擺擺手。「這麼近，我走一會兒就到了，你爹還在家裡等著，這麼多年了，要是哪天沒有我給你爹捶腿，他啊，都睡不著覺。」老太太起身一邊說著、一邊向門口走去。

或許真就是應了那句老話，遠香近臭！自從分家以後，老太太格外想念老三一家，就連以前瞧著不順眼的馬氏，如今也覺得分外合心意。

當初老三非要娶馬氏，老太太對於這個未過門，就將自己兒子迷得不行的女人，沒有一丁點好感。可自從這次分家後，老大一家不知怎地就變成如今這個樣子，家不像家的，她在家裡也沒個能說話的人，沒想到今日來到老三這兒，讓她憋了這麼久的鬱氣吐出來，心裡別提有多暢快了。

老太太眼神慈祥地看著小兒子，心裡忽然生出一種想法，若是當初沒有分家該有多好？或若是當初分家，自己和老頭子跟老三他們一家一起住該有多好？

不過很快老太太就將這個想法放下了，哪有人不跟著長子養老生活的？這不是擺明了說長子不孝嗎？她怎麼能讓自己的孩子傳出這種名聲來。

真是老糊塗了！

老太太在心裡暗罵自己。

隨著時間的推移，加上家裡生意忙忙碌碌，唐書瑤他們家那團陰雲總算是消散了，唐文博雖然還是比較黏著姊姊，但已經不會一個人在屋裡的時候再害怕不安了。

瞧著唐文博的情況好轉，唐書瑤趕緊將這件事告訴了娘親，馬氏聽到後激動得流下眼淚，唐書瑤上前抱住自己的娘親安慰。

馬氏感嘆道：「娘沒事，娘這眼淚是高興的，妳弟弟他總算是放下了那件事，娘也該放下了。」

知道馬氏不再自責，唐書瑤也放下了憂慮。

翌日，家裡去學堂的去學堂，去鋪子的去鋪子，充實而忙碌的日子又重新開始。

在距離景陽鎮的五十里外，一隊人馬緩緩駛來。

王公公頻頻地向身後的簾布望去，一臉的憂心忡忡，這一次皇上重病，皇后娘娘立刻下令讓七皇子出來辦案，擺明了不想讓他妨礙太子的路，同樣都是親生兒子，未免太過偏頗。

此次一去，恐怕過年都要留在外面，如今七皇子他才十三歲，就要面臨這樣的事，王公公忍不住嘆了一口氣。

都說天家無情，可這哪裡是無情，分明是絕情啊！

坐在他旁邊的修榮餘光注意到王公公的臉色，用胳膊捅了對方一下，小聲說道：「公公您嘆什麼氣啊？要是讓殿下聽見，豈不是又要難過了？」

王公公聽著修榮的話，緩了緩自己情緒，不再想那些煩心的事，本來殿下就可憐，若是知道他們這些下人也都憐憫他，那讓殿下情何以堪。

此時從東面吹來一陣風，掀起了馬車簾子，露出車裡的人來。

只見他身穿月白色的長袍，腰間繫了一個紫羅蘭玉珮，修長又骨節分明的手摩擦著茶杯，而這雙手的主人此時眼神淡漠的望向外面，只見他如畫中那般英俊的臉，濃密的眉毛，一雙小鹿般清澈而又淡漠的眼睛，直挺的鷹勾鼻下是兩片薄薄的嘴唇。

這便是王公公心裡擔憂的主子，七皇子景奕宸。

在七皇子出發前半個月，皇帝突然病重，得到消息的諸位皇子，私底下小動作不斷，皇后擔心小兒子會阻了大兒子的路，便讓他接下販鹽案一事。

畢竟小兒子也是嫡系，朝中也有一些大臣暗中支持七殿下，所有可能擋到太子的事物，她都會一一將它拔掉，即便那個人是自己的親生兒子，她也絕不允許。

皇后只想著讓七皇子離開皇位之爭，便讓他接下江南的販鹽案，根本沒有考慮過小兒子才十三歲就要面對那些老狐狸，也不曾在乎自己的小兒子過年會不會留在外面不回。

想到母后為大哥做的這些事，景奕宸最後那點孺慕之情，也因為這件事徹底消散。

此時另一名前去探路的下屬修言快馬趕了回來，王公公問道：「今晚住什麼地方？」

「一處二進的小院子。」修言有些慚愧的低下頭，王公公一聽臉色立刻黑了下來。

王公公尖著嗓子質問道：「怎麼？殿下不在皇宮，就敢隨意放肆嗎？」

修言解釋道：「那小鎮最大酒樓的上等間太小，卑職瞧著屋子不太好，這才找當地牙人要了間最好的院子，那院子雖然不大，不過卻是沒住過人的，是之前的主人為了兒子建的院子，可那兒子長大了便去外地做生意，所以那個院子一直空著。」

聽著修言的解釋，王公公的臉色緩和了許多，想到他們一路向南，到的地方確實是偏僻了點，肯定沒京裡條件好，便沒有繼續深究。

王公公轉身掀開簾子，低頭向殿下行禮，恭敬地說道：「殿下，再過半個時辰就到景陽鎮，這幾日我們在鎮上休息一下，您看如何？」

「嗯。」景奕宸淡淡地應道。

王公公得了準話，放下簾子讓所有人繼續前行。

半個時辰後，整個車隊來到鎮上，向著小院駛去，小院的正房是一個二層閣樓，這裡採光特別好，景奕宸走上來的時候，落日的餘暉灑在他身上，王公公從後面瞧著殿下，身上彷彿鍍了一層金光，眼神不禁露出笑意。

看著殿下自小長大，在他心裡，殿下就是他心裡最重要的人，任何能讓殿下開心的事，他都會去做。

王公公走到一旁，看著殿下認真地注視下面，順著他的視線望去，是對面小院子裡有母子三人在摘菜，也不知道他們說著什麼，只見那小女孩笑起來眼睛彎彎，看著她的笑容王公公忍不住慈心泛濫。

這孩子長得真好看，笑起來更好看！

來到唐氏串串香吃飯的人多數都是在午飯，晚上的時候人不是很多，此時唐書瑤他們正在後院摘菜，今日有過來吃飯的人誇獎唐文博，說他小小年紀就這麼懂事幫著大人忙前忙後，一看就是個孝順孩子。

唐書瑤剛剛還在跟娘親打趣這件事，抬頭的那一瞬間，就發現對面從未住過人家的閣樓居然有了人，她打量了一眼，沒想到新來的人還是一個這麼帥的男孩，她見著對方板著臉，直直地盯著他們。

在他的眼神裡，唐書瑤看到了自己前世孤軍奮戰的那種感覺，那種防備和冷漠，彷彿他周圍都是荊棘，而他此刻正豎起渾身的刺來對抗。

「姊，妳在瞅什麼呢？」唐文博伸出手來在唐書瑤的面前晃了晃。

「啊？什麼？」唐書瑤回過神來，一臉茫然的說道。

唐文博小大人似的嘆了一口氣，說道：「姊，我是在問妳瞅什麼呢？瞅得這麼入神！」

「哦，沒什麼，就是剛剛看到對面居然住了人家。」

「是嗎？」唐文博伸長脖子向對面看去，看了半天都沒有見到人，好奇心頓時沒了。

很快鋪子裡便來了客人，唐書瑤他們忙碌著生意，將這事拋在腦後，客人一來，他們開始熬湯、備料，頓時鋪子裡的香氣開始向外飄去。

王公公正站在院子裡指揮著侍衛們搬運行李，突然間鼻子就聞到了這股香氣，在皇宮生活了這麼多年，他什麼好吃的沒見過，有時候還能接到貴人們的賞賜嚐上幾道佳餚，但是今日這個味道卻是他從未聞過的。

「香！」王公公閉著眼睛，情不自禁地說道。

「卑職也覺得香！」修末湊近王公公說道。

王公一睜眼，就看到修末的那張大臉近在咫尺，抬手就給了對方一個耳刮子。

「沒大沒小的，湊這麼近幹麼？」

修末捂著臉，一臉委屈地說道：「就是聽您說的好香，我也這麼覺得。」

王公公氣得翻了一個白眼，這孩子年紀最小，行事有些古怪，喜歡做些跳脫的舉動，剛剛突然湊上來嚇了他一跳。

冷靜下來後，王公公趕緊吩咐人去看看對面做的是什麼。本來他還在憂心這小破地方沒什麼吃的，自家殿下又要受委屈，如今聞著這香氣，他總算放下擔心。

過了一會兒，侍衛回來稟報，隔壁是一家飯館，賣的是串串香。王公公一聽大喜，是飯館就更好了，要是普通人家做的飯，他還得想法子討過來，或是請他們幫忙做上一頓。如今倒好，省了他很多麻煩。

王公公帶著兩個人去了隔壁，走進唐氏串串香，整個大堂的香氣更加地濃郁，讓人迫不及待品嚐一番。

唐書瑤走過來招呼。「請問幾位是要包廂？還是在大堂吃？」

「我們呀，要帶走！」王公公笑咪咪地說道，他看著眼前的小姑娘就是剛剛在閣樓上看到的那個，眼睛笑得像月牙的那個，讓他心生好感，因此聲音也柔和了許多。

站在他身後的修榮和修末見了，不禁同步露出驚訝的表情。

實在是王公公此人，除了殿下外，第一次對外人露出真實的笑臉。

要知道即便是面對聖上和皇后娘娘，王公公都是板著臉回話，如今對一個小姑娘居然露出了笑臉，兩人茫然地看了看對方，又瞅了瞅王公公的背影，著實沒有猜透王公公為何要這樣做。

第二十三章

唐書瑤聽到對方的話，輕皺了一下眉頭，來到這裡吃飯的客人，從沒有說要打包帶走的，畢竟這湯也沒辦法帶走，該不會是同行找的人，想探秘方吧？不像啊……

看了一眼身後的客人面帶笑容，唐書瑤雖有疑慮，仍是請他們幾位到大堂的角落裡，客客氣氣笑著解釋道：「是這樣的，我們鋪子的串串香是獨家吃食，它需要一邊吃、一邊涮，你們可以看一下大家吃的情況，所以我們沒有辦法為你們提供帶走的服務。」

王公公看了一眼其他人吃飯的情況，確實如這個小姑娘所說，但是他也不好讓他的主子過來吃，只得勸道：「小姑娘，我們就是你們後院對面那家的，妳看這麼近，就讓我們帶回去唄！等我們主子吃完了，我就叫他們給妳送鍋回來，怎麼樣？」

唐書瑤仔細分析了對方的聲音，有些尖細，又見對方說話時不自覺地小拇指翹起來，越想越是覺得對方的身分有些不對勁，加上他身後的那兩個人，氣息綿長，衣料也是她從未見過的貴衣料，察覺到他們的身分或許不一般，又聽對方說他們就是對面那家新搬來的。

看來是不得不通融了……他們的店好不容易才穩定呢。

想到這裡，唐書瑤說道：「既然你都說你們是住在對面，這樣吧，你們請跟我到後面來，我從後門將鍋還有這些串搬到你們那裡，若是從前面拿走這些東西，會引起其他客人的注意，我們這也是第一次給客人外帶，若是別人問起，我們不好解釋，從後門走如何？」

王公公聽著小姑娘的建議，想了想也沒什麼事便同意了，唐書瑤頓時鬆了一口氣，怕對方會有什麼嫌棄的說法，幸好他們不是前世新聞中那般不講理的奧客。

修榮和修末聽著唐書瑤的指揮，將銅鍋、串好的菜等從後門端過去。唐書瑤跟著去了對面的院子，一樣一樣的教會他們怎麼弄銅鍋，如何吃串串香。

站在一旁的王公公臉含笑意地看著小姑娘，大概是第一印象太深刻，這小姑娘的笑容讓人覺得很溫暖，身上有一種生活的氣息，他在皇宮這幾十年，每日面對的人都是戴著假面具，說話之前都要認認真真考慮一遍，唯恐給自己惹上禍端。方才看唐書瑤分明是為難的，卻也應對得體，他第一次見到這麼真實又給人好感的孩子，心裡暗暗感慨：若是他也能有這麼一個孫女就好了。

唐書瑤見著這些人明白她說的道理，準備回去，轉身就看到這個人笑咪咪地看著自己，那種眼神帶著遺憾和憧憬。

王公公回過神來，見小姑娘疑惑地看著自己，趕緊整理了一下情緒，說道：「妳這是要回去了？」

唐書瑤點點頭，微笑道：「是的，家裡鋪子挺忙的，你們慢慢吃，吃完送過來就好。」

王公公笑著點點頭，唐書瑤轉身大步離開。

「姊，妳做什麼去了？」唐文博跑過來問道。

「對面那家需要打包帶走，我過去告訴他們怎麼弄。」

「他們為什麼不在鋪子裡吃？」唐文博撓了撓頭，疑惑道。

「大概是看人太多吧，我也不清楚啊。」

「好吧。」

唐書瑤姊弟二人回到大堂幫忙，就在這時，大堂東側那桌客人突然掀了桌子開始相互扭打起來，一瞬間，大堂變得混亂起來。

唐禮義他們趕緊上前攔著這些人。

景奕宸從二樓看到自己的手下從對面搬著那些東西過來，他下樓走到院子裡。

所有人向景奕宸行禮道：「殿下。」

景奕宸伸出右手示意他們起身，走到銅鍋前問道：「這是什麼？」

一旁的王公公走過來回道：「回殿下，這是隔壁飯館賣的串串香，咱家讓他們打包過來給您嚐嚐，那飯館的小姑娘見離得近，就將這些東西一起搬過來。」

景奕宸微微點頭，王公公朝院子裡的侍衛們揮手，示意他們繼續弄。

就在這時，院子裡傳來隔壁的打罵聲以及摔東西的聲音，王公公頓時心頭一緊，隔壁好像出事了。王公公看了一眼殿下，鬼使神差地走上前說道：「殿下，隔壁飯館應當是出事了，我看著那飯館裡也沒有什麼人，要不讓他們過去幫幫忙？」

景奕宸看了一眼王公公，又瞅了一眼銅鍋，半晌說道：「過去看看。」

王公公大喜，其實他剛才對殿下說完請求的話，心裡就有些後悔，明知道殿下對這些東西不感興趣，居然還請求殿下幫忙，不過親耳聽到殿下同意，王公公總算放下心來，畢竟難得見了一個有好感的孩子，他不希望出什麼事情。

景奕宸說完話，王公公便帶著十幾個侍衛過去幫忙，剛走進大堂，就看到滿地的狼藉，見到小姑娘母子三人躲在一旁沒有上前，王公公鬆了一口氣，趕緊下令讓他們將這些搗亂的人抓起來。

唐書瑤剛剛看到大堂有人打架的時候，就想衝過去阻攔，結果被娘親死死地攔了下來，馬氏在一旁勸道：「瑤兒，妳可別衝動，那些都是瘋子，妳上前若是出了什麼事，娘可怎麼辦啊？」

聽見馬氏說的話，唐書瑤這才選擇放棄。沒辦法，最在意的人發話，她不敢不聽。

唐書瑤無奈地看著這些人打起來，可是越觀察越發現，這些人似乎像是在做戲一般，目的好像是為了打亂整個大堂。他們一個個掀翻了桌子，故意踩爛那些乾淨的菜，而其他的客人早已被他們嚇得跑了出去。

唐書瑤心知跑出去的那些客人，恐怕無法向他們要到錢了，她不甘心地咬了咬嘴唇，緊緊地攥著拳頭。在唐書瑤身邊的馬氏害怕地看著這個場面，眼神緊緊地追隨著孩子他爹，擔心他受到牽連，可又不能阻止孩子他爹，只能眼睜睜地看著孩子他爹上前攔著那幫人。

眼見自家爹挨了幾下，就在唐書瑤差點忍不住爆發，想要揍一頓這些作亂的人時，鋪子裡一下子衝進了十來個人。他們身穿一樣的衣服，動作迅速，不到十息的時間就將這些作亂的人控制住。

混亂的場面總算停下來，王公公走到唐書瑤前面安慰道：「幸好你們都沒事，這些損壞都是小事，人沒事就好。」

馬氏看著這個人帶著十幾個人衝進來，一下子就將那些人制伏，雖不認識對方，還是連忙感激道：「謝謝你們，謝謝你們。」

唐書瑤也跟著說道：「謝謝你們過來幫忙，要不然還不知會發生什麼事。」

「也不是什麼大事，咱們現在成了鄰居，聽到妳家聲音不對，就過來幫一下忙，對了，這些人你們要怎麼處理？」

唐書瑤扭頭瞅了一眼娘親，見她一臉茫然，顯然不知道現在該怎麼辦，唐書瑤回頭看著王公公說道：「我想問問他們為什麼要在這裡打架。」

王公公有些疑惑，回頭看了一眼被按在地上的那幫人，又瞅了一眼小姑娘。

唐書瑤朝著對方點點頭，走到他們中間問道：「是誰指使你們這樣做的？」

被按在地上的人使勁地想掙開被箝制的胳膊，並沒有回答唐書瑤的問題，她微微蹙眉，繼續說道：「在你們打架前，我就看到你們之前並沒有發生爭吵，你們幾個人似乎商量好，在那一瞬間一起掀了桌子，你們看似在打架，其實是想破壞大堂所有東西，現在可以說說，是誰派你們過來的嗎？」

唐書瑤這話一出，被按在地上的幾個人不再掙扎，不可置信地抬起頭來看著她。

瞧著他們的模樣，唐書瑤就知道自己猜對了，她笑道：「看來你們是承認受人指使了，說說吧！我想聽聽，是誰對我們家有這麼大敵意，莫不是……對面妙味酒樓的朱老闆？」

唐書瑤問完，那幾個人低下了頭，似是鬆了口氣，看他們的樣子，她就知道不是朱老闆。能做出這種事的人，背後之人一定有錢給這幫人好處，再就是和她家有仇，或者是因為她家的營生，背後之人受到了損失。符合以上兩點的人，只有這條街上生意受損的老闆，既然不是朱老闆……

唐書瑤繼續說道：「李氏酒樓的李老闆？」

見他們仍是沒有任何反應，馬氏疑惑地走過來，想要張嘴問問女兒，她趕緊阻止了娘親，繼續說道：「那……恐怕是味香酒樓的賀老闆吧！」

唐書瑤這話說完，就見有幾個人身體不自然地抖了一下，唐書瑤大聲道：「沒想到賀老闆如此下作，竟然使出這種手段，我們過去講講理，看看賀老闆敢做敢不敢當?!」

那幾個人抬頭，瞪大眼盯著唐書瑤，沒想到一個小小女娃竟然能猜到他們的東家。

王公公走過來笑道：「小娃娃真聰明，不過妳是要現在去那個賀老闆那兒嗎？那我們也陪你們去一趟，幫忙幫到底，怎麼樣小娃娃？」

唐書瑤感激道：「謝謝你們能幫忙，剛好我也想請求你們幫個忙，這些人麻煩你們一起押著過去，我們好跟賀老闆對質。」

唐禮義在一旁緩了半天，終於歇過來，剛剛那幫人突然發瘋打起來，他上前阻攔，挨了不少下，累得滿頭大汗，幸好有人過來幫忙。

現在終於恢復點體力，見女兒已經找到背後鬧事之人，也趕緊走上前向王公公答謝。「不知這位好漢姓名，在下唐禮義，多謝你們過來幫忙。」

王公公抬起對方的手，說道：「你們叫我王叔就好，我們也是今日剛搬到你們後院的對面那家住，聽到你們這裡傳出聲音，就趕過來看看，幸好你們人都沒事，幫這點忙都是小事。」

唐禮義聽後更加感激，他們一起向著味香酒樓走去。

味香酒樓離唐氏串串香走路不到半盞茶的時間，很快他們就到了味香酒樓，一行人一進去，在大堂吃飯的人都扭過頭看著他們，一旁的小二有些不知所措。

唐書瑤看了一眼眾人，上前一步跟他們解釋道：「現在被抓住的這些人，就是賀老闆派人到我們鋪子搗亂的人，他們故意掀翻我們的桌子，攆走我們的客人，就是想讓我們生意受損，各位，我們是來找賀老闆理論的。」

唐書瑤話音一落，所有人議論紛紛，沒想到這賀老闆竟做出如此事情。

唐書瑤看著他們的討論，嘴角微微勾起一個笑容，做錯事就要傳出去讓大家知道，想必其他人也會防著賀老闆，而知道這家酒樓老闆的品行，估計很難再有人會來到味香酒樓來吃飯了。

「怎麼回事？你們是什麼人？來我們酒樓想要幹麼？」賀知行一路邊走邊說道。

唐書瑤打量了對方一眼，問道：「這位叔叔，您就是這味香酒樓的東家？」

「是又怎麼樣？你們想要幹麼？」賀知行問道，當他瞅到被押著的人是他昨日收買的那幫人時，心裡一緊，臉色變了變。

賀老闆一出來，在大堂吃飯的所有人都停下討論，開始關注這件事。

唐書瑤一直在觀察著對方的神色，見對方瞥到今日那些搗亂的人時，臉色就變得不對勁，這都讓她再一次驗證，這個人就是謀劃這件事的黑手。

想到這裡，唐書瑤冷下臉色，說道：「既然你是東家，那這些人就是你花錢收買，來我們唐氏串串香砸場子的人吧？」

「妳一個小姑娘休要胡說八道，我不知道妳在這兒發什麼瘋！」賀知行大聲吼道。

「我胡說八道？賀老闆，這些人可是親口承認就是你給他們錢，讓他們到我們鋪子砸場子的，要不，我們去官府說道說道？」

「這、這上官府是不是有點小題大做？再說，怎麼可以麻煩縣令大人！」賀知行擦了擦額頭上的汗，沒想到這小姑娘是個狠角色，一上來就想捅到官府去。

唐禮義見對方有些怕了，出聲吼道：「你這種小人，就該帶你見官，用這般骯髒手段打壓同行，真是太可惡了！」

唐書瑤朝著在大堂坐著吃飯的人說道：「各位叔叔、伯伯也都看到了，賀老闆雖然沒有直接承認，但是他的逃避、閃躲，無一不證明幕後黑手就是他，今日他能因為嫉妒我們家的生意而做下這種事，明日他也能因為減少成本而去買那些爛菜、壞肉，各位叔叔、伯伯，你們沒感覺自己吃的菜有些酸嗎？」

唐書瑤這話一出，大堂的人開始激烈討論起來，有的人下意識覺得自己吃的菜帶著一股怪味，那人大聲道：「我怎麼覺得我剛剛吃的菜有一股酸味！還有這菜葉子怎麼有這麼多洞？」那人挾起面前菜盤上的菜葉，附近的人也過去瞅了瞅。

這下子在這裡吃飯的人紛紛激動，給他們吃爛菜葉子，這怎麼可以！

賀知行看著混亂的場面，臉色變得蒼白，手指著唐書瑤恨恨地說道：「妳！妳！」賀知行氣得手指有些抖，大腦一片空白，只覺得他人生中最後悔的事就是招惹了唐氏串串香。

所有人都看到那個人挾著的菜葉子確實有幾個洞，知道這老闆不是個好的，大家站起來聚到賀知行旁邊喊道：「換菜！你瞧瞧給我們上的什麼菜？」

旁邊的人喊道：「換什麼菜？他家的菜都是買的便宜菜，這菜不能收錢！我們以後都不來了！」

「對對，不能收我們錢，賀老闆你實在是太惡毒了，怎可做出如此下作之事！」

「不能收我們錢！」

第二十四章

場面一時變得很混亂，唐書瑤沒想到一時猜想的話，竟然成了真，不過轉念一想，這個人都能做出找人迫害同行的事情，為了省錢，自然也可以買那些便宜的爛菜葉被蟲咬了，並不影響味道，可誰想要在外花錢吃到這些東西呢？客人會有這般反應，實屬正常。

賀知行被這個場面嚇到，一旁的小二從頭看到尾，眼看事情不好，趕緊跑到後院去找老闆娘。

站在唐書瑤身邊的馬氏小聲問道：「閨女，現在咱們怎麼辦？」

唐書瑤剛想回答娘親的話，就在這時，一道洪亮的女聲從人群後方傳來。「你們在幹麼？」

人群自動散開，一個約三十歲左右的孀子走過來，她眼神銳利地盯著唐書瑤，又恨鐵不成鋼地瞪了一眼賀老闆。賀知行見孩子她娘過來了，像是解脫了一般走到她後邊。

唐書瑤觀察著對面兩人的舉動，見他們二人舉止親密，在心裡暗暗猜測這個孀子恐怕就是老闆娘吧。

賀劉氏平靜地衝大家說道：「我們酒樓買菜的事是採買的小李辦的，這孩子貪圖銀錢，這才起了心思買一些便宜的菜來糊弄我們，因為這件事我現在已經不讓他繼續留在這裡，也算是給大家一個交代，今日所有人的飯錢，我們給免一半。」

瞧著大夥兒要開始講理，賀劉氏接著說道：「我知道大夥兒今日在我們酒樓受了點委屈，但是這些飯菜也是要成本的，何況小李他只是買一些葉子有些泛黃、給蟲咬了幾口，時間比較久的菜，這都是可以吃的，請大家明白我們也不容易。」說到最後賀劉氏眼眶微微泛紅，似是要落淚。

瞧著一個女人要哭了，大夥兒也不像剛才那樣咄咄逼人，畢竟能免除一半的錢已經很不錯了，不過還是有人很不滿，要求結帳走人。

唐書瑤瞇了瞇眼，瞧著這個老闆娘倒是一個厲害角色，見她先是穩定大家的情緒，又用自己的弱勢吸引大家的同情，讓客人減少不滿，不得不說，這個人的公關能力還是很好的。

解決完客人的事情，賀劉氏轉過身來看著唐書瑤他們說道：「這件事我們到後院來解決如何？」

唐書瑤扭頭看了一眼爹娘的臉色，見他們點點頭。

賀劉氏繼續說道：「你們這麼多人，我們又不能將你們怎麼樣，我們酒樓可是要繼續招待來吃飯的人，去後院談吧。」

唐書瑤他們一行人跟著老闆娘向後院走去。

一群人走到後院，最前面的賀劉氏轉過身來，打量了一眼那幾個被押著的人，問道：「他們可是親口承認這件事是我們指使的？」

「怎麼？嬸嬸妳想要否認？」唐書瑤看著這個嬸子說道。

賀劉氏笑了笑。「是你們一直在說我們指使了這些人，我就想問問，他們親口承認了嗎？看妳的樣子，他們似乎沒有承認啊。」

馬氏一聽，這怒氣登時就上來了，大吼道：「妳這人怎麼說變卦就變卦，這事不是你們做的，還能有誰？」

唐書瑤看著對方有恃無恐的模樣，平靜地說道：「這位嬸嬸看起來已經想好怎麼解決了，不如說出來讓大家聽聽，嬸子想怎麼樣？」

見對方能平靜地說出這種話來，賀劉氏倒是高看了一眼這個小姑娘，真是個聰明丫頭。「我知道這事給你們添了不少麻煩，你們帶這麼多人到我們酒樓，又壞了我們酒樓的名聲，我可以不跟你們計較，這兩件事扯平怎麼樣？」

唐禮義冷笑一聲，本來見對方一個婦人說話，他不好開口諷刺，今兒真是氣到了。

「扯平？他娘的無緣無故將我們鋪子都砸了還想扯平？」

賀劉氏聽著對方說髒話，臉色頓時難看下來。

唐書瑤說道：「嬸嬸是想去官府嗎？」

「什麼？」賀劉氏疑惑道。

唐書瑤上前一步，說道：「既然嬸嬸這麼明確，這些人沒有親口承認，那不如去官府好了，就讓縣令大人替咱們辨是非，明黑白！」

賀劉氏臉色一變，仔細盯著這小姑娘的臉，見對方確實想去官府，又瞅著那幾個被他們押著的人，思量半晌說道：「這樣吧，我知道你們鋪子小，被砸了損失不少，給你們十兩銀子回去修整修整如何？」

唐書瑤被這個嬸子氣笑了，十兩銀子就想打發他們。「嬸嬸，妳好像還沒搞清楚狀況，現在是我們抓了凶手，有人證，若是到官府那裡，縣令大人如此英明決斷，妳猜會如何呢？還有一點我要提醒嬸嬸，我們鋪子大堂那些訂製的桌子、銅鍋、肉、菜等等，至少要二十五兩銀子，加上今日損失的飯錢，還有這兩日休息耽誤的錢，嬸嬸至少要給我們四十兩銀子，這件事才算扯平！」

「四十兩？妳土匪啊！」躲在賀劉氏身後的賀知行激動地大喊道。

賀劉氏氣得一把扯過賀知行，賀知行被孩子她娘拽得一個趔趄。見到這個場面，王公公還有他身後的那些侍衛，忍不住笑起來，賀知行當場難堪，臉色一會兒紅、一會兒白。

馬氏氣不過別人說她閨女，怒吼道：「你們做下這檔子事，不就是土匪，還好意思說別人？一個酒樓大老闆做下這種齷齪事，呸！」

「妳怎麼還吐人啊！」賀知行伸出手，氣憤地指責道。

「我吐你怎麼了？你們現在……」

一旁的唐書瑤制止了娘親的行為，她也不太喜歡這樣子罵罵咧咧的，她看著對面的賀老闆和老闆娘說道：「賀老闆你們若是想息事寧人賠償我們，現在就拿四十兩，要不然咱們就一起去官府，倘若你們想要拖到天黑，明日這件事也要去官府解決，就兩個辦法，賠償和官府，你們現在選吧！」

賀劉氏猶豫半晌，最後還是決定賠償銀錢，她不敢賭去官府那裡會發生什麼，只能捏著鼻子認了，誰讓她攤上這麼一個愛耍計謀的夫君。

王公公全程看著小姑娘處理這件事，見對方神情鎮定，迅速找出真相，再到後面的索要賠償，這讓他不由得有些欣賞，聰明而不失冷靜，真是個好孩子。

回到小院的時候，王公公到二樓見到殿下，激動地向他訴說著剛才發生的一切。

「說完了？」景奕宸冷淡地說道。

王公公聽到殿下的聲音，激動的心也冷靜下來，微微抬頭瞄了一眼殿下的臉色，見殿下面無表情，他恭敬地回道：「老奴說完了。」

「說完了就退下吧。」

王公公說不上此刻是什麼心情，但仍記得自己的本分，應聲道：「是，殿下。」向殿下行過禮後，恭敬地退出房間。

景奕宸起身走到窗戶旁邊，看著對面的小院，嘴角微微向上翹了翹，轉瞬間又恢復成沒什麼情緒的臉。

此時唐書瑤一家還在鋪子裡，租這間鋪子的時候，後院就有三間房，剛剛讓人給唐文昊捎了消息，他們準備繼續收拾大堂留在鎮上過夜。

馬氏看著大堂的慘狀，剛剛要到四十兩銀子的好心情，頓時煙消雲散，嘆了一口氣說道：「這喪天良的，這麼多沒吃的菜都白白浪費，我這心啊……」

馬氏說到最後，難過地用右手拍了拍自己的心臟。

唐書瑤還在掃地，聽見娘親的話，抬起頭安慰道：「娘，您相信我，這件事明日肯定會傳遍整個鎮上，咱們帶著那麼多人去了味香酒樓，還有一些人在酒樓吃飯也知道這件事，他們名聲都毀了，往後生意肯定更加慘澹，所以娘，您就不要傷心了，比起他們，咱家只是耽誤了兩日生意。」

唐禮義也接話道：「瑤瑤說得對，妳就放寬心，這兩日休息休息，省得妳總吵腰疼腰疼的！」

「我哪裡吵了？」馬氏立刻反駁道，說完瞄了一眼閨女，見閨女滿臉擔憂地看著自己，趕緊解釋說：「我沒事，娘不累，就是有時候忙了一日，這腰偶爾就有些疼，真沒事，到了年紀都是這樣。」

唐書瑤不贊同地說道：「娘，既然您都說腰疼，要不咱家就雇個人吧！咱們現在也不是一開始的時候，雇個人不會太多錢。」

唐書瑤知道這裡人力不值錢，相反越是出力的活，往往越是便宜，去縣裡碼頭搬貨的，一日才十二文錢，基本上，天稍稍有點亮的時候就要開始搬東西，一直到酉時最後一刻，天快要大黑的時候才算結束，即便是這樣，想要做這種活的人還特別多。

聽說，有的人還排不上這個活，因為搬東西很累，所以管事都會挑塊頭大的。

和這些相比，大伯能在鎮上酒樓做帳房，真的是特別好的活計。

馬氏一聽閨女的話，趕緊搖頭。「不不不，咱們家還用不上，這串串香也不麻煩，瑤瑤妳要是累了，就趕緊去歇歇，娘真的不累。」

見著娘親態度堅定，唐書瑤只好放棄勸說，只是打定主意到時直接買了。

翌日，唐禮義去木匠那裡訂製桌子，馬氏在鋪子裡跟人家解釋昨日的情況，好多人聽說是味香酒樓做的這件事，都對這家酒樓排斥起來。

唐書瑤正好給唐文昊送飯去。昨夜大哥一人在家裡，家裡也有之前的剩飯，早飯也可以在縣裡買著吃，但她擔心大哥為了省錢，捨不得買貴的，便做了一些菜準備送過去。

景奕宸昨晚吃過對面那家的串串香，覺得味道很不錯，本想著今日也讓手下帶過來一些，轉念想到他們發生了那些事，恐怕沒有時間再準備，只得先放下這個想法。

此時景奕宸站在二樓，一隻眼神銳利的鷹飛到他跟前，他抬起手拍了拍那隻鷹的腦袋，這隻鷹竟然乖巧地立在原地，景奕宸取下綁在鷹腳旁邊的紙條，溫和道：「辛苦了，將軍！」

「啁——」將軍振翅發出一聲叫，似在回應，景奕宸淡淡地笑了。

就在這時，從對面飄來一陣香氣，景奕宸嘆了一口氣，對著將軍說道：「這粥都白喝了！」

「啁啁——」

「你也這麼認為！」

「啁——啁——」

「你說她又在做什麼菜？」

「啁啁——」

「直接去問？不太好吧！」

「啁——」

「唉，我還是忍忍吧！」

景奕宸一把將窗戶關上，將軍被撞到頭有些暈，緩過來後在窗沿邊上氣呼呼直叫。

王公公走到殿下房間門口，就聽到將軍的叫喚聲，想到這是殿下甚為看重的鷹，他急忙推門，就看到殿下捂著嘴，不禁一臉迷茫。

王公公走上前行禮，詢問道：「殿下，將軍怎麼了？」

「不用管！」聲音還是一貫的清冷。

「是。」王公公繼續說道：「殿下，修榮他們已經離開。」

「嗯，讓他們多加小心。」

「老奴知道殿下會擔心他們，臨走之前特意叮囑他們，殿下放心，他們承載著殿下的期盼，必會平安無事。」

另一邊，唐書瑤做完菜，趕緊裝好準備去縣城。今日除了給大哥送飯，她還想去人牙子那裡打聽一下情況。

她知道娘親捨不得雇傭人過來幫忙，畢竟在桃花村，即便是最富裕的那幾家，也從沒有雇傭旁人的情況，自家秋收的時候雇傭人也算是村裡的大事，被大家津津樂道，如今若是再雇傭人來幫忙，恐怕會有不少人猜測自家是不是賺了大錢。

畢竟秋收那會兒，自家是因為忙不過來，再加上只雇傭幾日就結束了，還不算什麼，這會兒若是長期雇傭人在鋪子裡做事，定會引起旁人的注意。

娘或許也是有這方面的擔心，畢竟人一旦暴富，就會莫名冒出不少隔好幾代的親戚上來借錢。但是這些唐書瑤認為以後也是要面對的，畢竟現在鋪子這麼賺錢，買下鋪子的錢也足夠了。

而且大哥在縣城唸書，唐書瑤想著等家裡錢再多一些，就直接去縣城做生意，這樣大哥不用再辛苦往返，恐怕那會兒也會傳出家裡有錢的說法，只是時間的早晚問題罷了。

既然都會發生，能早一點讓娘親不要那麼勞累，唐書瑤當然希望能早一點，畢竟對於她來說，娘的身體才是最重要的。

唐書瑤走到娘親身邊，說道：「娘，我去縣城給大哥送飯。」

馬氏本來還納悶，明明還不到吃飯的時間，怎麼今日閨女這麼早就做飯，合著是要給大兒子送去，她不贊同道：「妳這孩子怎麼也不說一聲？文昊那裡有錢，他自己買著吃就行，妳說妳去縣城那麼遠，多累啊！」

唐書瑤知道娘親偏疼自己，撒嬌解釋道：「娘，我不累，再說娘又不是不知道，大哥他肯定是想著省錢，捨不得買貴的，我這做妹妹的，當然心疼了，所以就給大哥做些好吃的，讓他有精力認真聽夫子講課。」

馬氏無奈地嘆了一口氣，她也是發現了，這孩子就是個倔強的性子，認準了一件事，別人肯定勸不動。如今飯都做好了，若是不讓瑤瑤送去，她肯定會難過。

事已至此，馬氏只好點頭答應了。

第二十五章

唐書瑤見著娘親點頭，趕緊收拾一番朝縣城出發。

到學堂門口的時候，向看門的書僮打聽了一下，他們還在上課，唐書瑤便在門口等了一會兒，沒過多久，就見唐文昊和裴嘉哲一起從學堂裡面走出來。

唐文昊無奈地說道：「妳怎麼走那麼遠來給我送飯？我在縣城隨便吃一些就好了，累不累？」

唐書瑤搖搖頭。「我不累，我要是不來，大哥是不是想要隨便買點吃的，糊弄一頓就完事了？」

看小妹猜出自己的心思，唐文昊臉頰有些泛紅。

此時裴嘉哲看著唐書瑤說道：「許久不見，某人只顧自己哥哥，也不跟我這個朋友說話了？」

唐書瑤笑道：「怎麼會？忘了誰，也不會忘了你裴大公子。」

「好吧，話說回來，唐書瑤妳都給妳大哥送飯過來了，怎麼不給我帶一份？我在縣城都聽說你們家串串香的大名，唉，真是傷心！」說著裴嘉哲憂鬱地望著唐書瑤，期盼對方能來安慰安慰他。

唐書瑤覺得這人說話陰陽怪氣的，悄悄地翻了一個白眼，沒好氣道：「快收回你這副表情，真是好醜，再說，你這身分能沒有午飯吃嗎？」

「妳竟然說我醜？唐書瑤，妳有沒有眼光啊！」裴嘉哲一收扇子，咬著牙齒說道。

唐文昊當即拉著小妹躲在自己身後，說道：「裴兄你想幹麼？」

裴嘉哲看著對面的兄妹二人，真是被他們給氣飽了，自己又不是真生氣，就是跟小丫頭開個玩笑，結果丫頭的哥哥竟然這麼對自己。

裴嘉哲一臉無奈地望著唐書瑤。

唐書瑤從唐文昊身後看到裴嘉哲的神情，不客氣地笑起來，隨即說道：「你們中午的時間也不多，還是趕緊吃午飯吧，學業重要，下回有時間一起聚。大哥你也快去吃飯吧，我還有事情要做。」

「什麼事？」唐文昊追問道。

「等大哥晚上回家就知道了，快去吃飯吧，別磨蹭時間了。」唐書瑤催促道。

裴嘉哲也知道現在不是可以磨蹭的時候，只是一段時間不見唐書瑤，怪有些思念的，見了面之後，倒是挺氣人的。「下次來，記得給我帶飯，我要吃八寶田雞，唐書瑤，我知道妳肯定會做對不對？下回記得為我做一份！」

唐文昊大聲道：「裴兄怎可使喚我小妹，瑤瑤別聽這人胡說八道！」

「遵命，大哥。」唐書瑤笑道。

唐文昊推搡著裴嘉哲回去，免得對方又要對小妹要這個、要那個的，他實在覺得裴嘉哲這些舉動很是不妥。唐書瑤笑著看他們二人離去，隨即轉身離開向縣城有名的宋牙婆那裡走去。

宋牙婆此時在院子裡躺著曬太陽，今日明明天氣很好，卻還沒有生意開張，唉，這日子還挺難混啊！

聽到有腳步聲傳來，宋牙婆激動地起來，打眼一看是個小姑娘，激動的心頓時消了一大半，不過還是掛起了平時招待顧客的笑容，問道：「小姑娘，妳是想買下人來使喚，還是買院子住啊？只要說出妳的要求，我宋牙婆都能給妳辦到！」

唐書瑤一聽就樂了，本來看對方的神情，知道這個牙婆一開始見著自己年紀小有點失望，沒想到卻還是認認真真地詢問自己的要求，倒是對這個牙婆多了一點好感。

在她看來，做生意的人，面對顧客，首先不能憑著對方的樣貌就不把客人當回事，要對每一位客人都是一樣的態度，這樣才是最基本的操守。

唐書瑤回道：「我想買幾個下人，妳給我說說，這簽賣身契的，還有雇傭的，分別是多少錢？」

唐書瑤想打聽一下價錢，若是簽賣身契的不是很貴，她想直接買簽賣身契的。畢竟這次買的下人會在鋪子裡做活，時間久了，多多少少都會看明白自己做串串香的方法，也不能總是防備著一個人，所以唐書瑤心裡想著買一個簽賣身契的下人回來做活，有賣身契在手，也可以防著對方背叛自己。

宋牙婆笑道：「來來來，這大熱天的，快到這裡喝口茶，我跟妳慢慢說。」

見小姑娘坐下，宋牙婆繼續說道：「這簽賣身契的，肯定是貴的，我這裡分三等，這一等的，就是年輕力壯的，力氣活肯定是沒問題，這二等是年紀稍稍有些大的，不過不耽誤做活，這最後一等嘛……其實就是那逃難過來的。婆婆好心跟妳說，那些從南方逃難過來的，身上怕不是有什麼病，我都將他們關在一起……」

唐書瑤打斷對方問道：「南方逃難？」

「小姑娘還不清楚吧？其實這也不是什麼大事，咱們跟祁國一直打著仗，這些年就是大戰沒有，小戰時不時地一年犯幾次，家在邊疆的可就倒楣了，他們那裡受影響最大，種的莊稼可能就被人偷走了，這些人被逼得無奈，這才向咱們這裡逃來。」宋牙婆解釋道。

唐書瑤點點頭，雖然她還不能了解這裡戰爭的情況，但若真是波及到他們這裡，她相信自己也有能力保護好家人，而且看這個牙婆也不知道具體情況，她沒有繼續再問，讓她帶著她去看看那些下人。

宋牙婆笑咪咪說道：「走，都在後院呢，小姑娘是想要一等的？還是要二等的？」

「婆婆還沒說這價錢如何呢？」

宋牙婆一拍腦門，說道：「瞧我這記性，真是對不住了姑娘，這一等的下人，男人是十兩銀子，女人是八兩銀子；二等的下人，男人是七兩銀子，女人是五兩銀子。哦，還有雇傭的，我這裡有幾個名額，不過都是些婦人，她們還有家裡還要忙活，一般都是接洗衣裳的活，方便顧著家裡，再有就是那些出力氣的男人，倘若碼頭來活了，他們就去碼頭……」

唐書瑤聽著宋牙婆的話，也了解到這裡雇傭的情況，加上買人的價格都能接受，便乾脆跟宋牙婆去看了看下人。

宋牙婆驅趕著這些人出來，唐書瑤看著他們的臉色，多數都是皮膚蠟黃、身形消瘦、神情麻木，有的應該是已經接受了命運，或者是自願來賣身的，這樣的人臉上並沒有什麼表情，相反還會打量唐書瑤，可能是想看看未來的東家是個什麼樣的人吧。

唐書瑤注意到這裡面有一個小姑娘倒是挺漂亮的，不過她眼神嫉妒地盯著自己，這眼神一看就讓人很不舒服。因為她的那種臉，就像天生會勾引人的，青澀中帶著嫵媚，最是撩人，也最會惹事，唐書瑤可不想自找麻煩。

唐書瑤認真打量著這些人，她無法觀察人的內心想法，但憑藉在末世摸爬滾打的經驗，好歹也可以辨別一個人的好壞。

見到一個男孩的時候，唐書瑤就想著給唐文昊安排一個書僮，轉了一圈，最後唐書瑤買了一個男童，還有一對夫妻。

那對夫妻大概三十多歲，因為父親生意失敗，家道中落，孩子也被對家暗害，無奈之下他們才選擇賣身，實在是欠的銀子太多，夫妻倆根本還不起。

而那個男孩則是因為家裡孩子太多，爹娘負擔不起便將這孩子賣掉，那孩子的爹還擔心孩子他娘會將孩子要回來，因此將孩子賣得很遠。

聽說這個男孩的身世時，唐書瑤沒想到竟是這種情況，這個男孩跟唐書瑤一樣大，都是十二歲，可能是半大小子，吃窮老子，若不然這個年紀的男孩怎會捨得賣掉？

唐書瑤對著男孩問道：「你家裡有多少個兄弟姊妹？」

「十個，都是哥哥。」男孩平靜地說道。

唐書瑤微微驚訝，轉念想到自己現在的奶奶，也曾經生下七個孩子，只不過有的夭折罷了，便收起臉上的驚訝。

有十個哥哥，這也難怪不當一回事了……

唐書瑤一共給了宋牙婆二十七兩銀子，本來那個婦人應該算八兩銀子，不過宋牙婆給了優惠。收好他們三人的賣身契，唐書瑤帶著他們先去了成衣鋪子，換了一身灰麻衣，他們身上的衣服都是破的，她怕他們嚇到娘親，因此先給他們換了一身衣服。

之後帶著他們回到鋪子裡，馬氏剛打發走幾個上門打聽的人，回頭一看就見到閨女帶著三個人過來，問道：「瑤瑤，他們是誰啊？」

唐書瑤走近馬氏，伸出手挽著她的胳膊解釋道：「娘，這是我買的下人，那個男孩讓他跟著大哥做書僮，先帶過來讓大家認個面熟，而這對夫妻留在鋪子裡幫咱們做活，這樣娘您也能輕快些。」

馬氏沒想到閨女這麼堅持，不聲不響就將人買回來了，無奈地說道：「妳這孩子，怎麼就……」

「娘，您別心疼錢啊！咱們再掙就是了，身子可是頂頂重要的，再說爹也很辛苦，娘也很辛苦，我也很辛苦，娘，咱們就好好歇歇吧！」

聽著女兒說的話，馬氏只得接受這個事實，又問道：「他們怎麼稱呼？」

那個男人趕緊拽著旁邊的媳婦恭敬地回道：「請主人賜名。」

那個男孩見旁邊的男人說話，也反應過來，低頭說道：「請主人賜名。」

唐書瑤看著他們的表現心裡比較滿意，說道：「娘，這個男孩是要到大哥身邊的，他的名字就讓大哥起，這對夫妻，由娘您給他們起個名字吧！」

馬氏看著他們，又扭頭瞅了一眼閨女，說道：「既然你們來到我們家裡，就叫興旺和興隆吧！」

夫妻二人同時向馬氏道謝。

男人叫興旺，女人叫興隆，唐書瑤雖是默默地沒有出聲，其實她心裡也在吐槽娘這名字取得……明明人家是女人，卻取個偏男性化的名字，不過看娘親臉上的笑容，起名時肯定是期盼著家裡生意越來越好吧？

當著幾個下人的面，馬氏沒有過問女兒這些人花了多少錢，等到沒人的時候，馬氏小聲問道：「妳花了多少錢？跟娘說老實話，可不許撒謊啊！」

唐書瑤無奈笑笑。「二十七兩銀子。」

「嘶！」馬氏驚訝地張嘴，伸出手來比劃。「二十七兩？」

唐書瑤點點頭，馬氏一翻眼珠，感覺自己要昏過去，唐書瑤趕緊扶著娘親，擔憂地問道：「娘，您沒事吧？」

「我沒事，我豈止是沒事，我好得很！」馬氏咬牙切齒道。

唐書瑤看著娘親的模樣，不厚道地笑了笑。

「妳還笑？那可是二十七兩銀子！我給妳錢是要妳攢嫁妝的啊！妳怎麼能說花就花了呢？再說妳真要買，跟娘說一聲，娘肯定拿錢給妳，妳這孩子不聲不響地就買了，要不是我問妳，妳都不知道管我要錢，那可是二十七兩銀子啊！」馬氏碎碎唸道。

唐書瑤看著娘親中氣十足地說話，便知道娘親身體沒事，剛才看到娘親那個表情，嚇了她一跳，還以為娘的身體真有什麼事情呢，幸好沒事。

唐書瑤安撫說：「娘，您知道我心疼您啊，您看您自己腰疼，也不跟我說，我要是跟您說買下人回來，您肯定是不願意的，所以才打算先買後說嘍。」

馬氏嘆了一口氣，看著閨女無奈地說道：「妳這孩子！」

其實聽到女兒剛剛的話，馬氏的心裡覺得暖暖的，可是該訓斥的還是得訓斥。「娘知道妳有心想讓娘好好歇歇，可是妳竟然花這麼多銀子，娘給妳錢是為了讓妳攢嫁妝的，瑤瑤妳要知道，這嫁妝對於咱們女人來說，那可是頭等大事，以後可不許這樣隨意花錢，知道嗎？」

唐書瑤立刻伸出手向娘親保證，以後不會再這樣。看著女兒古靈精怪的模樣，馬氏笑著搖搖頭，又拉起閨女的手走到自己屋子，從床榻下面翻出一個小匣子，掏出鑰匙就要解開鎖。

唐書瑤見著匣子裡面裝的錢，心裡猜到娘親是想給自己錢，果不其然就聽娘親說道：「該跟妳說的話我都說了，這錢妳就好好收著，跟我保證的話也要做到！」

說完馬氏就將銀子塞到閨女手裡，看著女兒乖乖收下銀子，才露出笑臉。

其實唐書瑤心裡也明白嫁妝的重要性，來到這裡這麼久，不說其他人，就說自己的大堂嫂，成婚那日的兩抬嫁妝，就讓村子裡的人刮目相看，她也能理解嫁妝對於一個女人來說有多重要。

只是賺錢對於她來說不難，這些日子娘分給她的錢都遠超那兩抬嫁妝了，何況錢財這東西再重要，也沒有家人重要啊！不過娘親這般強調，她只好答應了。

唐書瑤撒嬌道：「娘，我知道您最疼我，下次我肯定跟您商量，您可不要拒絕我啊！」

馬氏點了點唐書瑤的腦門，嘆氣道：「妳啊，真是越長大，脾氣越倔，鬼點子又多，娘真是拿妳沒辦法。」

——未完，待續，請看文創風1084《分家後財源滾滾》下

2022年7月出版

文創風 1081～1082

廢柴夫君是個寶

原本夫君就是個紈袴，成天耍廢沒啥出息，
她是不期不待沒有傷害，誰知世事難料，
這人當不成世子後，下鄉「不務正業」還挺在行的，
跟莊稼一打交道，本領大到連皇帝都關注……

機智夫妻生活，趣味開心農場／寒山乍暖

什麼——新郎官揭了蓋頭人就跑啦？簡直離譜！
想她顧筠論相貌、才華都是拔尖的，唯獨庶女出身低了點，
沒想到，在外經營多年的好名聲，於新婚之夜毀於一旦。
只能怪自己期望太高，眾所皆知她的夫君就是個紈袴子弟，
空有一副好皮囊、好家世，成天吃喝玩樂、遊手好閒，
做學問連個八歲小孩都不如，還是廢到出名的那種。
這人隔日歸來，也不知哪根筋不對勁，一改浪蕩子的形象，
向她誠心表示會改過向善，且不再踏入酒樓、賭坊半步。
即使浪子回頭金不換，可過往積欠的賭債還是得還啊，
一看不得了，竟欠下七千多兩，這敗家程度也是沒得比了！
雖然她拿出嫁妝先替他償還了，但做夫妻還是得明算帳，
白紙黑字寫下欠條後，從此她既是他的妻子，也是他的債主，
他可沒有耍廢的本錢，自然得努力上進，好好掙錢啊！

2022年6月出版

九流女太醫

文創風 1073～1074

他背負著痛苦和失敗重生，潛身翰林院圖謀大事；
她是半調子醫女，進宮不求出人頭地，只求有個鐵飯碗混口飯吃。
相逢並非偶然，命定的聯繫讓他們亦敵亦友，剪不斷理還亂……

冤家路窄，手到情來／閑冬

莫名穿到古代小說中成為反派死士，這人設背景讓蘭亭亭頭疼得很！
她生平無大志只求平凡度日，壓根兒不想碰任何高風險職業，
何況結局已知，她將為了救腹黑主子而死，草草結束炮灰配角的短命人生……
思來想去活命要緊，既已回到故事起點，誰規定得重演相同的劇情？
雖說來到太醫院是和反派主子成雲開相遇的契機，但反派難為，她得另作打算，
索性認真備考當女醫，走上安穩的「公職」之路才是王道～～
豈料難得發憤圖強，從藏書閣「借書」惡補之舉，反讓自己更快被盯上？!
他不愧聰明絕頂，不僅貴為攝政王門生，還是掌管太醫院招考的翰林院學士，
利眼注意到她行徑詭異、對醫術一竅不通，更涉及偷走珍貴醫書，
姑娘她即使裝不認識也難逃其手掌心，只能臨機應變見招拆招！
這男人心思詭譎太危險，她務必得在他徹底黑化、攪亂政局前撇清關係才好，
哪知人算不如天算，自己開外掛卻陰差陽錯得到太醫院長肯定，被欽點成首席女醫，
入宮履職後恐將更擺脫不了成雲開的質疑糾纏，這孽緣看來沒完沒了啊……

為流浪貓狗加油 和貓寶貝 狗寶貝

廝守終生(一定要終生喔！)的幸福機會

對人來說，貓寶貝狗寶貝只是生活的一部分，但妳（你）對牠們來說，卻是生活的全部，領養前請一定要考慮清楚——

▲ 花甲男孩寶刀未老 爺爺

性　　別：男生
品　　種：米克斯（有混到梗犬）
年　　紀：12歲
個　　性：親人活潑、愛玩耍
健康狀況：已結紮，曾患艾利希體，每個月有固定投藥（全能狗S）
目前住所：臺中市霧峰區

本期資料來源：朝陽科技大學動物保護志工社

第333期 推薦寵物情人

『爺爺』的故事：

爺爺，是校園狗舍裡的一隻流浪犬，十餘年來，在社團歷屆同學們的細心照顧下，和相處的同學培養出深厚的感情和珍貴的回憶，如今因社團即將走入歷史，爺爺也正在等待著有緣人能給牠一個溫暖的家。

一隻活潑可愛的小狗狗，為什麼會取名叫做爺爺呢？因為牠的毛是鬈鬈的，毛色偏灰黑色，看起來和藹可親，所以才會取名為爺爺。但是別小看爺爺，牠有著最真最可愛的一面，常喜歡站起來，將前肢貼在人胸前玩耍，沒事的時候會咬著小球球，也很喜歡玩玩具，對牠下達指令時都會乖乖照做，性情穩定又很好照顧。

爺爺的個性十分親人，食慾和食量都非常好，體力更是一級棒，而且跑起來超級快，不玩個二、三十分鐘可是不夠的呢！不過帶爺爺出去運動之前，幫牠繫牽繩時，要隨時注意爺爺偶爾會有興奮得跳起來咬牽繩的狀況喔！

希望有緣的領養人能好好愛護爺爺，並且常常帶牠出去跑跳釋放精力，享受以往未曾享受過的自由。歡迎敲敲朝陽狗狗粉絲團FB，試試與爺爺的契合度吧！

認養資格：

1. 認養人須年滿20歲，男性役畢，有穩定的經濟能力。
2. 須同意簽認養寵物切結書。
3. 須同意送養人日後之長期追蹤，對待爺爺不離不棄。

來信請說明：

a. 個人基本資料：姓名、性別、年齡、家庭狀況、職業與經濟來源等。
b. 想認養爺爺的理由。
c. 過去養寵物的經驗，及簡介一下您的飼養環境。
d. 若未來有結婚、懷孕、出國或搬家等計劃，將如何安置爺爺？

文創風 1083

分家後財源滾滾 上

國家圖書館出版品預行編目資料

分家後財源滾滾 / 圓小辰著. --
初版. -- 臺北市 ： 狗屋出版社有限公司, 2022.07
冊 ； 公分. --（文創風 ; 1083-1084）
ISBN 978-986-509-342-6（上冊 : 平裝）. --

857.7　　　　111008733

著作者　圓小辰
編輯　林俐君
校對　沈毓萍
發行所　狗屋出版社有限公司
地址　台北市104中山區龍江路71巷15號1樓
電話　02-2776-5889～0
發行字號　局版台業字845號
法律顧問　蕭雄淋律師
總經銷　知遠文化事業有限公司
電話　02-2664-8800
初版　2022年7月
國際書碼　ISBN-13　978-986-509-342-6

定價260元
狗屋劃撥帳號：19001626
網址：love.doghouse.com.tw　E-mail：love@doghouse.com.tw